Welcome to Chidori-tei

# ちどり亭にようこそ

ちどり亭

～京都の小さなお弁当屋さん～

Minato Tosa

十三湊

# ちどり亭に ようこそ Kyoto Map

昔ながらの家屋がところどころに残る
姉小路通沿いに「ちどり亭」はある。

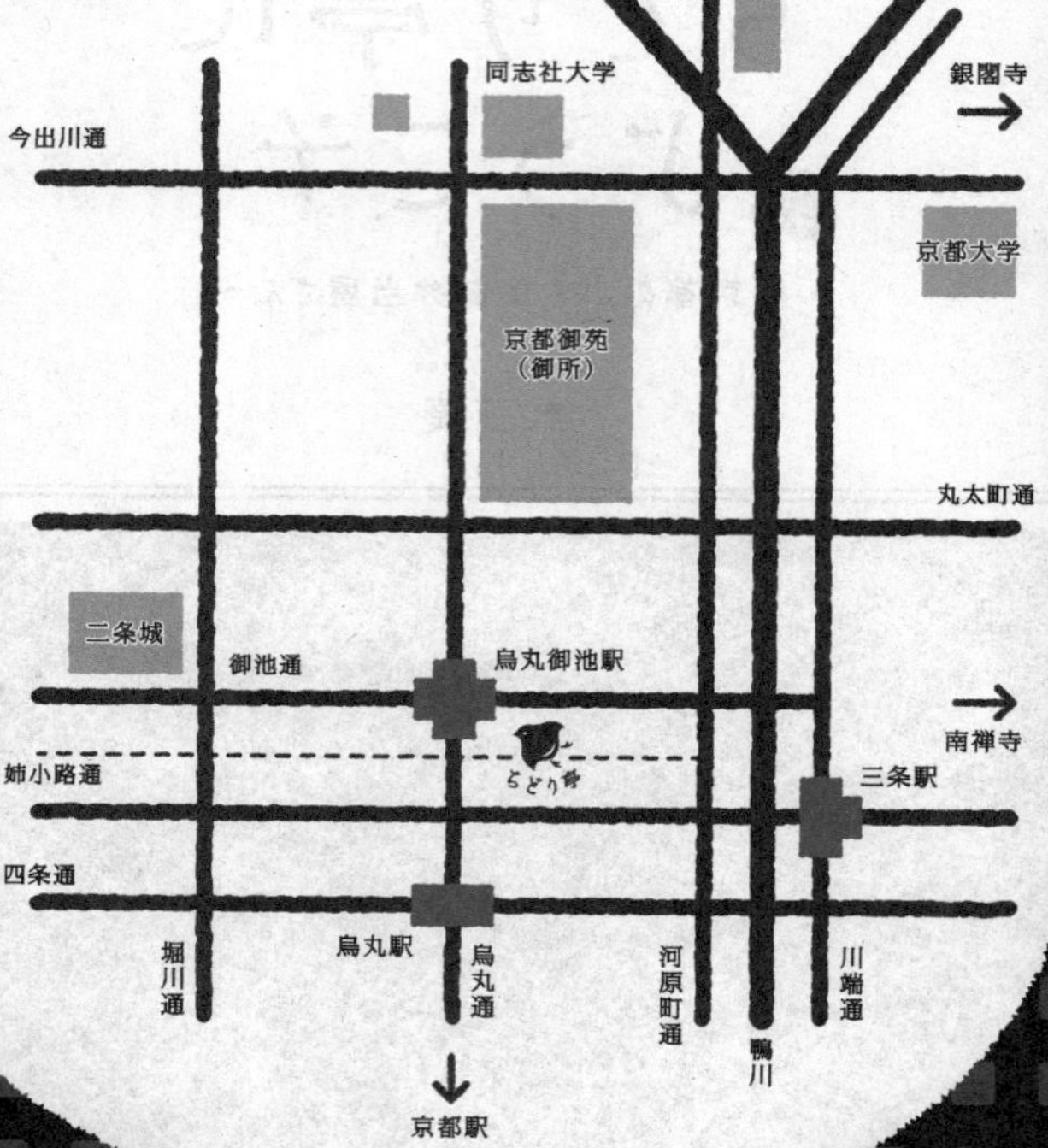

# 1. 桜《さくら》始《はじめて》開《ひらく》、花見といつかのオムライス

〇〇五

花柚《はなゆ》さんが「将来の旦那さまのために」料理を習いはじめたのは小学四年生の春。九歳だった彼女は先生の教えにしたがい、「お料理練習帖」を作った。料理の写真を貼ったり、絵を描いたり。レシピを書き写したり、作るときのコツを書きとめたり。

そんな練習を記録したノートは、すでに九十六冊め。十五年の間に訳あって「お料理練習帖」は「お弁当練習帖」に変わり、二十四歳になる花柚さんは今も精力的にノートに記録を残している（※「あれ、『旦那さま』はどうした？」と訊いてはいけない）。

一冊めは、小学生がよく使っている方眼ノート。

表紙にうさぎのキャラクターが描かれていて、いかにも子どもっぽい。

鉛筆の文字は読みにくいし、色鉛筆で彩色された弁当の絵なんてかなりひどいのだけど、九歳の子が書いたと思うと微笑《ほほえ》ましい。

「たまご一こおとしてわっちゃった」

「小さじと大さじをまちがえた。さとう入れすぎてあまいです」

なんて書いてあるのは可愛《かわい》いし、

「おいしい！　わたしてんさい!!」

と今と変わらないセリフを書いて、先生らしき人に「調子にのらない」とコメントされているのを見ると笑えてしまう。

料理を食べた家族のコメントが書いてあることもあり、にぎやかな家庭の雰囲気もうかがえて楽しいのだった。

堕落した生活の果てに行き倒れ、花柚さんの車に轢《ひ》き殺されそうになったぼくに、彼女は無料で料理を教えてくれると言ったのだけど、その条件は二つ。

「事前に伝えた材料を自分で用意すること」

そして、

「写真だけでもいいから、記録を残すこと」。

花柚さんは、割烹着《かっぽうぎ》の紐を手早く結びながら説明した。

「これは、わたしの先生の教え。何かをなし遂げようと思うなら、記録をつけることよ。途中で投げだしたくなっても、記録を見返せば、『これだけ頑張ってきたんだから』って自信も持てるし、頑張ってきた自分を裏切るのがもったいないと思えるの」

筆不精なぼくは、ノートへの記録が三日も続かないという自信があったので、携帯端末のカメラで撮った写真をSNSに投稿することにしていた。

ごはんの炊き方、ゆで卵の作り方、だしの取り方から始まって、時間のかかる煮込み料理や、素材をいくつも組み合わせた和風のテリーヌまで。

花柚さんにならって「お弁当練習帖」というタグをつけた、その写真画像の数は現在、六十五。

花柚さんの言うとおり、写真つきの記録は自分で見ていても楽しかったし、見返すことでモチベーションも上がった。

「ファストフードもたまにはいいけど、食べ物を全部人任せにしてちゃだめ。ごはんに納豆と卵かけるだけでもいいんだから。お味噌汁《みそ》だって、具を入れてお湯に溶かすだけで完成っていう、便利なだし入りのお味噌もあるのよ。もちろん栄養だって大切だけど、それよりも大事なのは自分で自分の生活をオーガナイズすることよ」

学食とコンビニ弁当で飢えをしのいでいたぼくに、彼女はそう語った。

そうして料理を習い、自炊を始めて八か月。

記録に残っていない日々の食事も合わせれば、きっとぼくは五百回近い食事を自分のために用意している。

もちろん、弁当屋のアルバイトでは毎日商品を作っているし、まかないの食事を用意することもある。だけどひとり暮らしのぼくにとって、料理は自分のためにするものだったし、十九歳の大学生にとってはそれが当たり前なのだと思う。

「お弁当練習帖」というタグをつけた画像のうちの五十四番め、非公開になっているオムライスは、そんなぼくが初めて他の誰かのために作った弁当なのだった。


切り取り線にしたがって、カレンダーを一枚だけ切り取る。

カウンターの壁にかかった日めくりカレンダーの日付を変えるのが、毎朝、売り場に入って最初にやる仕事だ。

今日から三月。

ちょうどよく、季節の言葉が「霞始靆《かすみはじめてたなびく》」から「草木萠動《そうもくめばえいずる》」に変わった。草木が芽吹きはじめる頃、という意味だ。

一年を二十四分割して、季節の言葉をあてはめたのが「二十四節気」。それらをさらに三分割した、五日ごとの期間が「七十二候」。

この店でアルバイトを始め、「カレンダー係」を任命されて初めて知ったことだけれど、なんとなく風流でいいんじゃないかと思っている。

今日は、二十四節気でいうと「雨水《うすい》」の終わりがけで、七十二候だと「草木萠動」の始まり。そう言われれば、なんとなく春らしく暖かくなってきたような気がする。まだまだ暖房は必要だけど、体の芯から冷えるような盆地特有の寒さは、いつの間にか消えていた。

はたきで棚やテーブルのちりを落として、しばらくしたらそれが舞い上がらないようにそうっとフローリングモップでから拭きする。

前日の夕方、店を閉めたあとに掃除をしてしまうので、朝の掃除は本当に軽いものだ。ひととおり掃除を終えると、紅殻格子《べんがらごうし》のついた引き戸と窓を開け、空気を入れかえる。

午前六時。

空はもう淡い紫色に染まって明るくなっている。

立ち並ぶ民家の上を見上げれば、西の空にはまだ藍色が残り、西から東へ、藍から紫のグラデーションを作っている。日の出前の薄明の時間。

「おはようございます」

「おはよう」

犬を散歩させている近所のおじいさんと挨拶を交わし、店の前に立看板を出す。

昔ながらの店と家屋がところどころに残る姉小路通《あねやこうじどおり》沿いに、この店はある。観光地ではない、地元の人々の生活空間だ。すぐ近くには京都のオフィス街・烏丸御池《からすまおいけ》があり、交通量の多い大通りに挟まれているのに、この通りは不思議なくらい静か。店は、昨今の町家ブームに乗っかってオープンし、すぐにつぶれてしまったという町家風洋菓子店の跡をちょっとだけ改装して使っている。

格子戸のほこりを払い落したところで、ピピピピ、とタイマーの鳴る音が聞こえた。

「彗《けい》くーん」

続けて花柚さんの呼ぶ声。

慌てて厨房《ちゆうぼう》に戻った。蒸らしの時間が終わったのだ。

西向きの調理台、ガスコンロの上に鎮座している三升炊きの羽釜。

厚手の鍋つかみを左手につけて木製のふたを開けると、もうもうと蒸気が立ち、甘いような白米の独特の匂いが立ち上った。

水につけておいた大きな木製のしゃもじを右手に取り、ごはんの中心に十文字に切り込みを入れ、それぞれのブロックを釜の底からひっくり返すようにほぐす。

米と水に加え、ほんの少しのはちみつを入れて炊いたごはんは、粒が立っている上に、はちみつの保水力で時間がたってもつやつやしているのだった。

店で出すごはんを炊かせてもらえるようになったのは、ほんの一か月ほど前からだった。早朝と昼前の二回、合わせて五升のごはんを炊く。

水・米・はちみつの分量が同じでも、同じ味にはならない。気温だとか火力だとか、そんな細かい条件で差が出る。一年前までのぼくは、ごはんは「白米、玄米、それ以外」「ごはんだけ、具入り」くらいの区別しかついていなかったので、信じがたい大進歩だ。

こめかみを汗が伝った。エプロンを外し、さっき羽織ったばかりのフリースを脱ぐ。Tシャツ一枚とジーンズだけになって、もう一度エプロンをつけ直す。厨房は、火の熱気と蒸気が立ちこめて暑いのだ。

頭に巻いた白いタオルの端で汗を拭く。弁当屋の仕事は肉体労働だ。

「あ、そうだ彗くん」

北向きの調理台で鼻歌を歌いながら揚げものをしていた花柚さんが、振り返って声を張り上げた。

「今日、オオタケさんって方がふきのとうを届けに来てくださるの。八時過ぎっておっしゃってたから、たぶんわたしがここにいるときだと思うんだけど。もし彗くんしかいないときだったら、受け取ってね」

「オオタケさんって誰ですか」

「昔、お見合いで知り合った方よう。乙訓《おとくに》の方にお住まいなの。お宅の敷地にたくさん生えてるんですって」

長い菜箸を操りながら、花柚さんがいつものののんびりした口調で答える。網を敷いたキッチンバットの上に、唐揚げがどんどん増えていく。

乙訓は筍《たけのこ》の産地の一つだと花柚さんが説明した。

ぼくはそんなことよりも、「そのお見合いってやっぱり失敗だったんだろうな……」ということの方が気になっていたんだけど、そんなことを口にしたら快適な職場環境が崩壊してしまう。

今日の花柚さんは、花と貝の絵柄がちりばめられたうぐいす色の着物の上に、黄色いギンガムチェックの割烹着を身につけている。背中の開いた割烹着から、刺繡のたくさん入った帯の結び目が見えていた。

花柚さんはこの仕出し・弁当屋「ちどり亭」の店主で、歳《とし》は二十四歳。長い髪をふんわりとまとめて、いつもかんざしや花飾りをつけている。

仕出しというのは、お客さんからの注文に応じて食事を用意し、配達する仕事。

店は基本的に、土日休み。平日は店頭での弁当販売と仕出しの両方をやっていて、事前に予約があった場合のみ、土日も仕出しを引き受ける。なぜ週末が休みなのかと言えば、花柚さんが毎週見合いをするからなのだった。

以前、結婚したいんですか、と尋ねたら、彼女は肩をそびやかして答えた。

「ライフワークなの」

「ライフワークならずっと結婚できないんじゃ……ライフワークって一生やることでしょ」

言ったらお盆で背中を思い切り叩《たた》かれた。

小柄で愛くるしい顔をしているし、見るからに優しそうな人なのにな……と最初は思っていたけど、一年近い付き合いでなんとなくわかってきた。

優しくて、ちゃきちゃきと働いて、ほがらかだけど、なんというか……健康的すぎて、色気がまったくないのだった。話せば話すほど、「この人は、今のまま無邪気で子どもみたいなのがいいんだ……」という気持ちになってきて、恋愛から遠ざかるのがよくわかる。

「あ、おいしい。おいしい！」

ぼくがそんな失礼なことを考えているとはつゆ知らず、花柚さんは、口をもぐもぐ動かしている。

「味見よ、どうぞ」

ぼくに向かって、小皿を差しだす。ピックを刺した唐揚げと卵焼きがのっていた。

唐揚げはだし巻き卵と人気を二分する店の看板商品で、今日はポン酢ベースのおろしだれにつけてある。二度揚げした唐揚げは、たれにつけても衣と皮がしっかりパリパリしている。噛《か》むと熱々の肉汁がじゅわーっと出てくる。

「最高ですね」

「でしょう⁉ わたし、やっぱり天才かもしれない！」

花柚さんは無邪気にはしゃぎ、時計に目をやった。

「あと四十分。詰めましょう」

厨房の中心に置かれた巨大な作業台いっぱいに、お客さんから預かっている弁当箱と、使い捨てのプラスチック容器を並べる。ぼくがごはんを弁当箱に詰め、花柚さんが塩をまぶした手できゅっきゅっとおむすびを作ってはキッチンバットに並べていく。

弁当箱に詰めたごはんの上には、梅干しと白胡麻《ごま》。

その作業が終わると、今度はぼくがおむすびに海苔《のり》を巻き、花柚さんが弁当箱におかずを詰めていく。

唐揚げのポン酢おろし和《あ》え、九条《くじょう》ねぎと桜海老《さくらえび》の卵焼き、菊菜のおひたしに、ごぼうとれんこんのきんぴら、にんじんのねじり梅、ひじきと大豆の煮物……。

伏し目がちに、菜箸で次々におかずを詰めていく花柚さんは、このときばかりは本当に美しい人だと思わせる。

常連さんは代金前払いで弁当箱を預けておく。容器代が値引きされる上、中身は同じなのに、使い捨てのプラスチック容器より弁当箱の方が断然おいしそうに見える。

特にまげわっぱと漆器は、プラスチック容器と並べたときの「格」が違った。器でこんなに変わるものだとは思わなかった。

彩りよくきゅっと中身が詰まった小さい弁当箱は、神秘的ですらある。

六時半からは毎日怒濤《どとう》の忙しさで、あっという間に時間が過ぎていく。

弁当を詰め終わったらデジカメで写真を取る。メニューは前日の晩のうちに店のブログにアップしておくので、そこに取りこんだ画像を追加する。同じ内容をプリントアウトして、表に出しておいた立看板に貼り付ける。

六時五十分になったら、店の入り口にのれんをかける。

藍色の布地に、白抜きで入った「弁当　仕出し　ちどり亭」という店名と、ぽってりしたフォルムの千鳥の柄。お客さんが入りやすいように、二つに分かれたのれんの片方を飾り紐で吊《つ》り上げている。

営業時間は七時から十四時。

商品は、三種類だけ。日替わり弁当・日替わり弁当ミニ・おむすびセット。二種類の日替わり弁当は量が違うだけだし、おむすびセットは、ごはんをおむすびにして、おかずの一部をつけただけなので、実質的には一種類の弁当しか作っていない。たまにデザートとかおかずを単品で売ることもあるけど、これは本当に「たまに」だ。

早朝と昼前にそれぞれ三十食くらいずつ作って、売り切れ御免。

今は春休み中だから、唯一のアルバイト店員であるぼくもフルタイムで入っているけれど、大学のある期間はたいてい朝八時半までしか店にいない。夕方は翌日の仕込みの手伝いに来るだけ。それでも回せてしまうくらい、こじんまりとした店なのだ。

客足のピークは七時から八時半、十一時半から十三時の一日二回。出勤前や登校前の人たちが朝買いに来て、近所の人やオフィス街の人々がお昼にやって来る。

値段は内容によって多少変動するけれど、平均でいうと、日替わり弁当が六百円で、ミニは五百円。おむすびセットは三百円。

はっきり言って、高い。しかも量より質の弁当で、ボリュームはそんなにない。だから、男子高校生なんかはほとんど来ないし、ただの客としてだったら、ぼくも買わないと思う。「安全で栄養価が高くておいしい弁当」を食べ続けるには経済力が足りなさすぎる。

だけど、ちどり亭の弁当が売れ残ることはほとんどない。もともと数を作っていないということもあるけど、大学近辺の弁当屋とかコンビニとは客層が全然違うのだと思う。

「千鳥」は先斗町《ぽんとちょう》のシンボルマークだけれど、「ちどり亭」があるのは、御所《ごしょ》の南、姉小路通沿い。同じ中京区《なかぎょうく》でも、結構距離がある。

「ちどり亭」の名前の由来は、先斗町ではなく、花柚さんの家が所有している重要文化財の草庵《そうあん》風茶室「千鳥亭」なのだ。

最初、花柚さんからそれを説明されたときには意味がまったくわからず、「家に茶室？　重要文化財？　どういうことだよ!?」と混乱したのだが、よくよく話を聞くと、本当に言葉どおり、自分の家が所有している茶室が重要文化財なのだそうだ。

これは、花柚さんと同じく岡崎《おかざき》地区に住んでいる友だちも知っていたことなので、どうやら本当らしい。重要文化財には、個人所有のものも含まれるのだと初めて知った。

そして、経営者にしては浮世離れしすぎた花柚さんの言動にも、納得がいった。どうやら、たいそうな旧家のお嬢さまであるらしかった。

こんなのんびりした仕事の仕方ができるのも、店の土地と建物が実家の持ち物だからなのだそうだ。

九時から十一時は、エアポケットのような時間帯だ。

店にやって来るお客さんも少ないし、調子のいいときだと朝に出した弁当がすでに売り切れていることもある。この間に、花柚さんとぼくは昼用の第二弾の弁当を作ったり、厨房の作業台で休憩時間として遅い朝食を取ったりする。

厨房は窓が大きくて、明るく広い。通りに面した南と東の窓から光が差しこんでいる。調理台も床もピカピカに磨き上げられていて、鍋やフライパンはいつも決まった場所に並んでいる。

その厨房の調理台で、ぼくは背筋を伸ばした。

「では、いきますよ」

「はい」

花柚さんも神妙な顔で返事をして、ぼくの手元をのぞきこむ。

カップラーメンのカップにかぶせたアルミホイルを外す。

中に入っているのは、まだわずかに湯気の立つお湯と二つの卵。お湯を切り、そっと卵を割り入れると、つるりとした中身が小鉢の中に滑りこんだ。

花柚さんが飛び跳ねる。

「わあ、本当に温泉卵だわ！」

「中もちゃんと固まってますよ！」

「電気を使わないし、エコ！　すごい！」

花柚さんが興奮しながら「お弁当練習帖」の新しいページに書きつける。

「常温に戻した……卵と……熱湯を入れて……二十分。アルミホイルでふた、ね」

「たくさん作るときは炊飯器の『保温』の方が断然いいですけど、一個か二個ならこっちですね」

ネットで見つけてきた作り方なのだが、こんなに喜んでもらえるとうれしいものだ。

きゃっきゃと騒ぎながら、だしとみりんと醬油《しょうゆ》を合わせたたれを作っていると、足音とともに不機嫌な声が割りこんできた。

「何を騒いでるんだ」

スリッパを脱ぎ、居住スペースの廊下から厨房へ降りてきたのは美津彦《みつひこ》さんだ。浴衣の上に半纏《はんてん》を羽織っている。さらさらの髪と中性的な顔立ちの美形なのだが、髪には寝癖がついたままだし、顔は半分寝たまま。ふらふら歩いて倒れるようにして丸椅子に座りこみ、作業台に頭を載せた。

「いたんですか。今日は早起きですね」

ぼくの言葉に、まるで不当な要求でもされたような口調で説明する。

「なぜか先生に呼びだされて、大学に行くことになったのだ」

美津彦さんは、確か花柚さんより二つ年上。今は二十五歳か二十六歳のはず。

毎日のようにちどり亭に入り浸っているけど、この人はスタッフでもなんでもない。たいていいつも、午後にふらりとやって来て、店のテーブルとか奥の居住スペースの和室で本を読んだり昼寝をしたりしている。

アルバイトを始めたばかりの頃、ぼくはこの人を花柚さんのヒモだと思っていた。

その頃のぼくは、花柚さんのことをひたすら「優しくてきれいな人」だと思っていたし、花柚さんは彼のことを「美津くん」と呼んでいて親しげだった。親戚だとぼくに説明したけれど、彼が奥に泊まっている形跡があったし、花柚さんはほぼ毎日彼に昼食を出していた。美津彦さんが「塩気が足りない」だの「歯ごたえがない」だの料理に文句をつけても、花柚さんは反論せずにそれをノートに書きつけていた。

大人の関係を想像してちょっとドキドキしていたぼくは、それで冗談めかして「ヒモなんですか」と単刀直入に花柚さんに訊いたのだった。

彼女は笑いだして、ずーっとしつこく笑っていたかと思ったら、奥に駆けこみ、「ねえ、美津くんってわたしのヒモなんだって！」と本人にバラしてくれた。

美津彦さんはまじめな顔でぼくに語った。

「俺もヒモになって暮らしたいと、心の底から願っている。だが残念ながら、俺を養うだけの気概を持つ女性はそうそういないのだ」

その後、美津彦さんが、本当に花柚さんとはまたいとこの関係にあること、市内にある有名国立大学の大学院生であること、美津彦さんのおばあさんが花柚さんの料理の師匠だということを知った。

花柚さん自身はいつも岡崎にある家に帰るし、美津彦さんも家に帰りたくないときに泊まっているだけで、別に一緒に暮らしているわけでも、男女の関係にあるわけでもないらしい。

「ねえ、美津くん、温泉卵食べたいんじゃなーい？　作ってあげてもいいわよ」――

作業台に突っ伏している美津彦さんに、なぜか威張って花柚さんが尋ねる。自分でも作ってみたいのだ。

「作りたいなら作ってもいいぞ」

作業台に片耳をくっつけたまま美津彦さんが答え、花柚さんがいそいそとお湯を沸かしはじめる。

食事の準備のため、ぼくが作業台の上に置いてあった段ボール箱を端に寄せると、美津彦さんがそれに目をやった。

「む、なんだこれは」

中には新聞紙が敷かれ、土や枯れ葉がくっついたまま、薄緑色のふきのとうが大量に詰まっている。

花柚さんが上機嫌で説明した。

「さっき、オオタケさんが持ってきてくださったの。お庭にたくさん生えてるんですって。まずは天ぷらね。それからおひたし、酢味噌和え……」

「オオタケって誰だ」

「お見合いで知り合った方よ、ほら、ミチコさんの」

「なんだなんだ、お前、今度はどんな恩を売りつけたんだ」

「人聞きの悪い言い方をしないで」

　花柚さんが頰をふくらませ、待ってましたとばかりにぼくは訴えた。

「そのオオタケさんがクリーニングサービスの業者を変えたいって言ってたらしくて、花柚さんが知り合いの会社を紹介したんだそうです。その知り合いって、別のお見合い相手らしいんですけど……それ、ありなんですか!?」

「ありも何も、花柚は自分の友人をそいつに引き合わせてるぞ。そいつらは結婚した」

　ぼくの非難の目に気づいて、花柚さんが抗議する。

「だって、オオタケさん、趣味がお能を見に行くことなの。若い方で同じ趣味の方ってあまりいないじゃない。わたしの高校時代のお友だちでお能の好きな方がいたから、お引き合わせしただけよ。いいじゃない！」

「いや、別に花柚さんがいいならいいですけど……」

　いったい何がしたいんですか、と言いたい。

　見合いの前になると熱心に相手の職業についての本を読んでいるのだが、結果的に自分が見合いのセッティングをしているし、人と人を結びつける仲介業になってしまっている。お見合いがうまくいかないのは、花柚さんがモテないこと以上に、真剣みが足りないのが原因じゃないだろうか。

「あ、もう時間」

花柚さんのつぶやきと同時にタイマーが鳴り、花柚さんがお湯を切って新しい温泉卵を用意する。

麩《ふ》の味噌汁と梅干し入りのおむすび、唐揚げのポン酢おろし和え。ひじきと大豆の煮物ににんじんを花の形にしたねじり梅、菊菜のおひたしに温泉卵。

作業台に三人分を並べ、手を合わせて「いただきます」。怠惰を絵に描いたような美津彦さんもこの挨拶だけはきちんとする。

花柚さんのおむすびは、しっかりにぎってあるのに、食べるとほろほろとくずれる。温泉卵は、まだ少し早かった気がするけど、固まりかけた黄身はねっとりとして濃厚な味がする。寒い時期は、お湯につける時間をあと五分くらい長くしてもいいかもしれない。

麩の味噌汁に口をつけながら、ぼくはふたりの様子をうかがった。

ふだんはおしゃべりな花柚さんも、ふざけたことばかり言っている美津彦さんも、いつも最初は食べ物を堪能するのに忙しく、口数が少ない。

気の進まない話をしなければならなかった。話をするチャンスがなかった、という言い訳は残念ながら成立しない。

しぶしぶ、ぼくは口を開く。

「花柚さんに、頼みごとがあるんですけど」

サークルのミーティングがあったので、十二時半にバイトを上がらせてもらった。

烏丸《からすま》通《どおり》に出て大学へ向かい、北へと自転車を走らせる。

朝晩には冬の名残《なごり》がまだ残っているものの、日中はもう春の陽気だ。街行く人の服装は明るい色合いに変わっていたし、御所を取り囲む木々の緑もみずみずしい。愛知から京都へ出てきて、二年めの春。生まれ育った街に比べると、春の訪れが心なしか早いような気がする。

今では一年中、雑誌で京都特集をやっているけれど、やっぱり京都には春が似合うと思う。桜の時期にはまだ間があるけれど、春の陽光に照らされた町並みはいかにもそれらしい。花柚さんが好きで坪庭に植えている白木蓮《はくもくれん》は、もうつぼみの先が割れて花びらがのぞいていた。

春、というところからの連想なのか、初めてちどり亭に足を踏み入れたときのことを思いだす。

いや、足を踏み入れたというのは正しくない。ぼくは意識のないまま、引きずられて運びこまれたのだから。


大学に入学した直後の「俺ら無敵」感は異常だった。

初めて親元を離れることになったやつが多かったし、受験勉強から解放されたということもあったんだろう。脳内で何かやばい物質が出てるんじゃないかと思うくらい、みんなハイだった。

お互いに友だち作って大学生活を楽しもうぜ！　という一体感もあったし、酒が入っていたのもあって気が大きくなり、女の子と話してはしゃいだりしていた。毎週のようにある新歓コンパでは先輩たちがちやほやしてくれるし、「友だち」の連絡先は日ごとに増え、大学生になったのだから彼女ができるだろうと根拠もなく信じていた。

なんだかもう、この先楽しいことしか起こらないような気がして、この世の春を謳《おう》歌《か》しまくっていたのだ。

六月くらいにはもう、自動的に彼女ができるわけではないという現実にも気づいていたし、一年近くたった今、そのときできた「友だち」の大部分とは、お互い見かけたときに「よっ」と挨拶するだけになっていた。

だけどそのときは、なにしろ「俺ら無敵」だった。

ゴールデンウィークも近くなった四月下旬、同じサークルの連中と三条木屋町《さんじょうきやまち》の居酒屋で酒を飲んだ。どんちゃん騒ぎをして「やべー、もう日付変わってんじゃん」とかむしろうれしそうに言いながら、深夜の街へ出て。

そして目覚めたら、ちどり亭の奥の和室に寝かされていたのだ。

初めての二日酔いで半分死にかけていたぼくは、ぼくのせいで布団から追いだされたらしい美津彦さんに恨みがましく、「酒臭い、近寄るな」と言われて心を抉《えぐ》られ、花柚さんには、「はい、グレープフルーツジュース飲んでー、カイロを右の脇腹にあててー、飲み終わったら今度はスポーツドリンク」と二日酔い対策を指南されながら、事の次第を聞かされた。

友人たちと別れて元気よく帰途についたぼくは、なぜか自転車の存在を忘れて歩きだし、店の近くの道で行き倒れていたらしい。そして、朝四時半に出勤してきた花柚さんのレクサスに轢き殺されそうになったのだった。花柚さんが、店の奥に泊まって寝ていた美津彦さんを叩き起こし、ふたりがかりで運びこんだのだという。

元気になるまで寝ていてもいい、という花柚さんの言葉に甘え、ぼくは寝たまま二日酔いに苦しんだ（ちなみに、右の脇腹にカイロをあてるのは、肝臓を温めてアルコールの分解を促進するため、らしい）。夕方になってようやく楽になってきて、花柚さんの運んできた食事をいただくことにした。

メニューは確か、三角形の小さいおむすびが二つとしじみの味噌汁、だし巻き卵、ミニトマトの胡麻和え、ふきのとうの天ぷら、だったと思う。

正直なところ、和食は地味で好きじゃなかったし、それまでのぼくにとって、野菜は健康のために義務で食べなければならないものだった。特に山菜なんて、食べる意味がわからないとまで思っていた。

でも、全部食べた。

そのときの感覚は、うまく説明できそうにない。

おいしさに感動した、というのとはちょっと違う。

もちろんおいしかったけれど、舌で味わって、咀嚼《そしゃく》して、飲み下したその後に、体中にじわ～っと何かが染み渡っていくような感じがしたのだ。食べ物に栄養があって、生き物はそれを吸収して体を修繕したり動かしたりする。そんな家庭科や理科で得た知識が、初めて実体験としてわかったような気がした。

「ひとり暮らしでろくなものを食べてなかったから、きっと足りない栄養素がいっぱいあったのよ」

それが花柚さんの説明だ。

アルコールで体がボロボロになっていた上、いろんなものが抜け落ちたあとの体だったので、余計に足りないものが入ってきた、という感じが強かったのだろう。

花柚さんはぼくにあれこれ聞いたあとでぷんぷん怒りながら、例のお説教をした。

「食べ物を全部人任せにしてちゃだめ！」

「自分で自分の生活をオーガナイズしなさい」

それに反発も覚えず、彼女に指示された「便利なお味噌」だの「卵六個パック」だの「乾燥わかめ」だのをちゃんとスーパーで買って帰ったのは、あの「食べたものが体に入っていく感じ」を体感できたからなのかもしれない。

それがきっかけで花柚さんに「そろそろ人を雇おうかと思っていたの。うちでアルバイトしない？」と誘われ、花柚さんの弟子として少しずつ料理も教えてもらって、自炊するようになった。

そして、たいへん不本意ではあるけれども——どうやら妹弟子もできそうだ。

見知った顔を見かけるたびに軽い挨拶を交わしながら、キャンパス内の道路を自転車で走り抜ける。赤レンガの建物が立ち並ぶメインキャンパスの西、少し離れた場所にあるサブキャンパス。

春休みの大学は閑散としているけれど、学生会館の周辺はにぎやかだ。休みの間でも活動しているサークルは多いのだろう。

ぼくの入っているサークルは、登山やハイキングを主な活動としているけれど、全員揃って何かをすることはほとんどない。サークルのサイトに、誰かが「×日に××に行きます。行きたい人は声かけて」と書きこんで、それに応じた人が参加する。

もちろん、年度初めの勧誘活動や新歓コンパ、夏の合宿や忘年会、卒業する先輩の追いだしコンパなんかは基本が全員参加で、今日ぼくがやって来たのも追いコンの相談のためだった。

四回生は卒業するし、三回生はそろそろ就職活動、ということで、春のイベントは二回生メイン。ぼくたち一回生はそのアシストということになっていたのだ。

駐輪場に自転車を停めて車輪にチェーンをかけ、頭を上げようとすると「とうっ！」というかけ声とともに頭に衝撃が走った。

ぼくの後頭部に手刀を打ちこみ、笑っていたのは菜月《なつき》だった。

「いや、気づいてたし」

体を起こしたぼくが頭を押さえながら言うと、菜月がさらに笑う。

「うそつきー」

実際、チェーンをかけているときに、見覚えのある靴が足音を忍ばせて近づいてくるのが見えていたのだ。キラキラした星のマークのついた、菜月のスニーカー。

今日の菜月は、大きめのピンク色のパーカにショートパンツ、黒のタイツを身につけていた。ミルクティーみたいな色合いの薄茶の髪はゆるく波打ち、頭のてっぺんでポニーテールに結われている。

全体的に小づくりで、並んで立つと頭の天辺が見えるくらいだ。くちびるにさくらんぼみたいな色のグロスをよくつけていて、まつげが長い（これはたぶん、つけまつげ）。耳には小さな星型のピアスがきらきら光っている。

「さっきそこで見かけて手振ったのに、彗太気づかないんだもん。めっちゃ振ったのに、わたしばかみたい」

菜月が門の方を指さして文句を言った。

「はは、悪い」

軽く流したけれど、あまりの幸福感に意識が遠くなりそうだった。

好きな女の子が自分を追いかけてきてくれるなんて、最高すぎる。

高島《たかしま》菜月は、サークルのメンバーで、同級生だ。文学部に通っている。

岡崎に住む彼女とは途中までは家の方向が同じなので、帰り道が一緒になることが多く、同じバンドのファンだということもわかって親しくなった。

まあ最初から、ちょっと可愛いな、と思ってはいた。でも、ぼくの通っている社会学部だって女の子の比率は高いし、可愛い女の子なら他にたくさんいる。だから別に、菜月じゃなければいけない理由なんか何もないのだと思う。

今思い返しても、彼女を好きにならざるを得ないような劇的なできごとなんかなかった。なんだかよくわからないけど、好きになってしまったのだ。

だからぼくが思う彼女の可愛いところ、良いところは、全部後づけの理由だ。

見た目はギャルっぽいけど、大学デビューしたやつにありがちな芋っぽさが残っていて、「生まれついての美少女じゃないけど、頑張って可愛くしてます！」というところが可愛い。父子家庭らしくて、飲み会がどんなに盛り上がってても「お父さんが心配するから」と九時半には帰ってしまったり、家事をするからといつも爪を短くしていたりするところもいい。

「ねえ、花柚さんに訊いてくれた？」

学生会館の入り口に足を踏み入れ、自分のリュックのベルトを引っ張るようにして、菜月がぼくの顔を見上げた。

「今日訊いたよ。いいってさ」

「ほんと？　やった‼」

菜月が顔を輝かせ、手のひらを合わせる。

「いや、でも、家遠いだろ。前も言ったけど、家の近くで探した方がいいんじゃない？」

「花柚さんから習いたいんだよ！」

以前、「ちどり亭という弁当屋でアルバイトすることになった」と話したら、菜月は即座に「それ、蒔岡《まきおか》のお嬢さまのお店じゃない？」と言った。花柚さんの名字すら覚えておらず、「え、そうなの？　有名人？」と間抜けな返事をしたぼくに、菜月は「ちょーすっごいおうちなんだよ！　お姫さまなんだよ！」と熱弁を振るった。

その後は何度か店に来て、弁当を買ってくれていた。ぼくのためではなく、花柚さんを見たかったらしい。

「それで、いつから？　いつから？」

「いつでもいいよ。次は明日の三時くらいからだけど、さっそく明日から来る？」

「行く行く」

ぼくは原則として週に一回、大学が休みの間は週に二回、夕方に花柚さんから料理を教わっている。

大学進学のため愛知から引っ越してきた当日、一緒に京都まで来た母は「基本の料理」みたいな本とか炊飯器とか鍋を買ってくれた。「習うより慣れろ」「必要に迫られればやるだろう」というつもりだったのだろうけど、安い食事がいくらでも手に入る昨今だ。引っ越してから二か月の間、ぼくは一切自炊をしなかった。見かねた花柚さんが料理を教えてくれるようになったのだ。

今日花柚さんに伝えた頼みというのは、ぼくと一緒に菜月にも料理を教えてほしいということだった。

花柚さんは快く了承してくれた。条件はぼくと同じ。「事前に伝えた材料を自分で用意すること」、そして「写真だけでもいいから、記録を残すこと」。教えるスキルを確立しているわけじゃないので授業料はいらない、とのこと。

正直に言うと、ぼくはこの件に関して、あまり気乗りしなかった。

菜月がちどり亭に通うことになれば、今まで以上に会う機会は増えるし、親密にもなるだろう。でも、菜月が料理を習いはじめることを喜べない事情があった。

しかし、花柚さんのＯＫも出てしまったし、仕方ない。

「でも、おれ、ほんとにまだ簡単なものしか作ってないよ？　卵焼きとか、いまだに失敗するし」

菜月は自分とお父さんの分の弁当を作っている。彼女の作った弁当は何回か見たことがある。女の子らしいカラフルな、きちんとした弁当なのだ。ぼくと同じレベルまで降りて、勉強しなおす必要があるとは思えない。

「彗太は見た目で騙されてるんだよ。あのね、わたしが作ってる卵焼き、卵にめんつゆ入れただけだから！　野菜炒めだって、切って炒めてウェイパー混ぜただけだし」

菜月は肩をそびやかした。

「なんかさ、小学生のときからずっと、そうやって『とりあえず』のごはん作ってたからそれが普通になってたけど、ちゃんとやらなきゃダメなんだってわかったの。彗太の写真見て。手抜きするにしても、正解を知ってて手抜きするのと、手抜きしか知らなくてやるのは違うんだよ」

以前、ぼくがSNSに上げた煮物の写真に、菜月は「面取りしてある!!」と驚きの絵文字とともにコメントをつけた。

ぼくは、花柚さんから「煮崩れしにくくなるから」と教わったとおりに自宅でやっただけだったけれど、菜月は衝撃を受けたようだった。面取りというものがあることは知っていたが、やろうと思ったことがなかったのだという。

「そのこだわりはよくわかんないけど、菜月がいいならいいよ。春休み中は一応、週二回、水金の三時から二時間くらいで教えてもらってるけど、店を閉めたあと、二時半以降だったらいつでもいいし、都合悪かったら合わせるよ。あ、でも土日はダメね。花柚さん、毎週見合いだから」

花柚さん自身も隠している様子がないので、話のネタに見合いのことを話した。

「家付き娘だから婿養子を取らなくてはいけない」という話は、前にも聞いた。家付き娘というのは、婿を取って家を継ぐ娘のことらしい。

どうも、商売を始めるにあたって親類縁者から大反対されたらしく（「商売なんて下々のものがすることだ」という理由で！）、見合いで結婚相手を探してる、家付き娘としての責務は果たしてる、というのが免罪符になっているらしかった。

菜月はますます目を輝かせた。

「たぶん、今でも『細雪《ささめゆき》』みたいな世界なんだよね。谷崎潤一郎《たにざきじゅんいちろう》の」

もちろんぼくは『細雪』を読んだことがない。ギャルなのに文豪の作品を読んでいる菜月を、ぼくはまた可愛いと思った。

「でも、花柚さんってひとりっ子だっけ？　岡崎の蒔岡さんでしょ、上にお兄さんいた気がするんだけど……」

「家付き娘だって自分で言ってたよ」

「そっか。じゃあ、違う家の話だったかも」

学生会館には、サークルや部活の部室が並んでいる。

部室のある三階が近づいてきて、ふわふわと幸福感に満ちた時間は終わりを告げる。

三階の西側にぼくたちの部室はあった。ドアをノックして開ける。

「こんちはー」

二回生の先輩たちは午前中から集まって話をしていたらしく、よく活動に参加しているコアメンバーの五人が長机をくっつけて食事を取っていた。

「あっ、彗太、菜月。あんたたち、土曜日、五時半に正門前でいい？」

皆が口々に挨拶を返す中、最初に声をかけてきたのは、彩子《あやこ》さん。銀縁の眼鏡《めがね》をかけていて、セミロングの黒髪を耳にかけた理工学部のクールビューティ。

冬の間は、雪山でも平気な上級者たちしか山へ行っていなかったのだけど、今週土曜日、連れ立って久しぶりに足慣らしのハイキングに行くことになっていたのだ。

「あ、いいですよ。車出してくれるんですよね。お願いします」

ぼくはそう答えたけど、菜月は両手を頬にあてた。

「四時半起きとかいまだに自信ない～」

「おれ余裕。バイトも毎朝五時半だし」

「寝坊したら置いてくからな。彗太がモーニングコールしてやれよ」

笑いながら言ったのは、文学部の久我《くが》さん。

男の先輩の多くがコンビニ弁当やパンにかぶりついている中、彼は弁当持参で、ごぼうとひじきをマヨネーズで和えたらしいサラダを食べていた。

「あ、久我さん、あれ、ほんとに試験に出ました！」

菜月は声を弾ませて、報告している。同じ文学部なので、試験対策として何かアドバイスをしてもらったのだろう。

ぼくはすぐ近くにいた彩子さんの弁当箱の中身を見た。

ミートボールにポテトサラダ、ごぼうのきんぴら、卵焼きにひじきの煮物、ミニトマト、ブロッコリーの胡麻和え。赤・緑・黄のシグナルカラーをきちんと揃えた弁当の見本のような弁当だ。彼女も下宿生だし、自分で作っているのだろう。

ごぼうのきんぴらを見ると、出来合いのものなのか手作りのものなのか、すぐにわかる。機械で切っているものは太さが均一なのだ。

「やだ、また彗太の弁当チェックが始まった！」

彩子さんが笑いながら叫んで、ふたで中身を隠そうとする。

「いや、いいじゃないですか、いいじゃないですか」

セクハラみたいな発言をしながら、嫌がる彩子さんの手をどけて、ついでに久我さんの弁当の中身も見た。目玉焼きを添えたハンバーグとグラタンがおいしそうだった。

「わたしもお料理教えてもらうことになったんですよー。彗太のお店で」

菜月が嬉々として報告し、久我さんが笑った。

「なに、彗太に女子力で負けてるから？」

「ちょー失礼！　負けてないし!!」

菜月が憤慨する。

久我さんは、美津彦さんみたいな圧倒的な美形ではないけれど、見た目に清潔感があって、そして何よりも人当たりがよく、人なつっこかった。

たとえばぼくがSNSに料理の写真を投稿すると、まっさきに「嫁に来いよ！」とコメントをつけてくれるのは彼なのだ。男にも女にも分け隔てなく親切で、サークル内では「ハイパーモテ男」として名高かった。

実際、彼は女の子にモテた。

わざとらしく褒めたり口説いたりするわけじゃない。久しぶりに会うと、自分から必ず声をかけに行って、話をする。新入生の女の子の大部分は、たいていぽーっとなってしまう。「自分のことを気にかけてくれている」というのがポイントらしいのだ。

そして、それは菜月も例外ではなかった。

彼女はあからさまに、久我さんのことが好きだった。

「蟄虫啓戸《すごもりむしとをひらく》」、「桃始笑《ももはじめてさく》」、「菜《な》虫化蝶《むしちようとなる》」。

日めくりカレンダーを一枚切り取るたびに、季節は移り変わっていく。街中で暮らしているとわからないけれど、世界には冬籠りしていた虫たちが現れて、春の花が咲きはじめているようだった。

花柚さんの好きな坪庭の白木蓮は大きな花びらを開き、今にも零れ落ちそう。白い花が春の日を反射させて、家の中まで明るくなるようだった。

大学生になって初めての春休みは、ゆるやかに穏やかに過ぎていった。

大学の休みは長い。こんなに休んでばかりいていいのだろうか、と不安になるくらいだったけど、毎朝早起きしてごはんを作り、床に雑巾をかける。そういう生活をしていると、罪悪感を抱かなくて済むことに気がついた。花柚さんのいう「生活をオーガナイズすること」の効果なのだろう。

「一応、料理本では何分、って指定されてるけど、それもほうれんそうと水の量の割合で変わるから……箸で茎をつまんでみて、スムーズに曲がったらOKくらいの感覚でいいと思うわ。そうなったら、冷たい水につけておきます」

菜月は北向きの調理台、ぼくは西向きの調理台で、花柚さんに言われるまま、菜箸で鍋のほうれん草を取りだし、冷水を張ったボウルに入れる。

「余熱でゆですぎになるのを防げるし、色もきれいになる。それに、ゆでただけじゃ灰汁《あく》は抜けないの。こうすると、灰汁が水に抜けてくれる」

今日のメニューは鯖《さば》のおろし煮。菜月のために基本のおさらいとして、ほうれん草のおひたしにひたし豆、卵焼きとパプリカの浅漬けも作っている。

「つけすぎると栄養も抜けちゃうから、七分が目安ね」

作り方が頭に入っている花柚さんはノートを見ていないけれど、これは花柚さんの「お弁当練習帖」の一巻にあったレシピ。

花柚さんはイベントや季節のメニューをのぞいて、あとは練習帖に出てくる順番でぼくに料理を教えた。

どうしたら初心者が楽しく料理を覚えて自分で作っていけるようになるか、それを試行錯誤し続けてきた自分の先生のカリキュラムだから、教える側にとっても教わる側にとってもやりやすいらしい。

「七分たったら、絞って、『醤油洗い』をします。ほうれんそうにだし醤油をかけて、また絞る。これは余計な水分を抜いて、下味をつけるためね。その後でまた醤油をかけるとおひたしが水っぽくならないの」

「知らなかった……！」

菜月は驚いた顔でつぶやき、花柚さんはそれを見てにこにこしていた。

彼女は熱心で、リアクションも大きく、教える側としても楽しいらしかった。

ぼくの気分はどんどん暗くなっていく。

冬の終わりのりんごをすりおろし、バターと一緒に煮詰めたりんごバター。クリームチーズのようになった水切りヨーグルトにビスケット、紅茶。

店内の応接用のテーブルで、四人、おやつを囲んだ。

料理を教えてもらう日は、店の片付けと掃除があらかた終わった二時半ごろから、お茶の時間がある。よかったらいらっしゃいと花柚さんに誘われて、菜月もほとんど毎回、早めに来ておやつ休憩に参加していた。

りんごの甘みと、バターのこくのまじりあったりんごバターはふわふわした食感で、シナモンをふりかけるとさらにおいしい。

「まあ、文学部に限らずどこだって同じだろうが、博士号を取ったからといって、簡単に職にありつけるわけじゃない。よくて私立の非常勤講師だ」

いつものように奥の和室で寝ながら本を読んでいた美津彦さんは、当然のようにおやつ休憩にも参加。文学部の将来について尋ねた菜月に、滔々《とうとう》と語った。

「オーバードクターはごろごろいるし、見通しも立たない。経済的な理由や不安であきらめるやつも多い。俺のように、穀つぶしと罵られても親のすねをかじり続けられるような、強靭《きょうじん》な精神の持ち主はなかなかいないのだ」

今日の菜月は、丈の短いパステルグリーンのニットワンピースに、細身の黒いパンツを合わせて、髪を編みこみにしていた。

菜月は、どうして今の道を選んだのかということを、大人であるふたりに聞きたがった。三回生の先輩たちが就職活動の話をしていて不安になったのだという。

こういうところ、彼女は本当にまじめだと思う。

就職活動の話は、ぼくも同じ場にいて聞いていたけれど、「まだ関係ない」としか思わなかった。大金を払って遠方の大学に行かせてくれている親には申し訳ないけれど、ぼくが社会学部に入ったのは、合格した大学・学部の中でいちばん偏差値が高かった、というだけの理由だ。当然、将来のことなんて何も考えていない。

「そうねえ、わたしは高校生のときに、ちょっと、人生が変わるようなことがあって。子どものときから、こうなるんだって思ってたルートが、急になくなっちゃったのね」

ビスケットにりんごバターを載せながら、花柚さんは語った。

割烹着を脱いだ彼女は、春らしい蝶と花の描かれたクリーム色の着物に、赤い帯を締めている。

「何があってもゆるがないような、軸みたいなものがあるといいなと思ったの。他の人の都合で左右されない、生活する手段みたいなもの。お料理は花嫁修業としてずっと習っていたから、とりあえずそれをやってみようと思って。レストランとか食堂じゃなくて、仕出し屋さんにしたのは、お弁当が好きだから」

美津彦さんはたいして興味もないような顔でコーヒーを飲んでいた。彼は事情を知っているのだろう。

「日本のお弁当って特殊なのよ。海外でも、食事を持ち運ぶことはあるけど、あんなにきちんと、いろんなものをきゅっと小さくきれいに詰めてるものってないの。簡易食じゃなくて、コンパクトなのに完結した食事。それだけですごく素敵だと思うわ」

普段食べている弁当が当たり前だと思っていたので驚いた。

美津彦さんいわく、海外にもランチボックスというものはあるが、それは簡易食であって、中に入っている品数が圧倒的に少ないのだという。

「わたしのお料理の先生——美津くんのおばあさまね。先生も、お弁当を特別なものだと考えていらっしゃったの。お弁当は、家を出た家族が遠く離れたところで食べることを考えて作ったものでしょう。持ち運べる『家庭』なのよね。自分のためのお弁当だって、未来の自分のための思いやりなの」

そこまで語って、花柚さんは菜月の顔を見た。

「菜月ちゃんは毎日お父さまのためにお弁当を作ってるんでしょう？」

「はい。中学生の頃から」

「すごいことだと思うわ。わたし、お料理は習っていたけど、学校のお弁当は母とお手伝いさんに任せっぱなしだったもの」

菜月は照れ笑いをした。

「うち、家族がふたりだけだから、ケンカになったとき、仲裁する人がいないんですよね。父とケンカした翌朝なんか、お弁当作りながら、ホント頭きて。二段の弁当箱全部に、父の嫌いな納豆詰めてやろうかって思うくらい」

納豆のぎっしり詰まった弁当箱を想像して、ぼくは笑った。味覚・視覚・嗅覚を同時に攻撃する弁当だ。

「でも、そういうときに、小二の遠足のときのこと、思いだすんです」

菜月のお母さんが病気で亡くなったのは、彼女が小学三年生のときで、二年生のときにはすでに、お母さんは入院中だったそうだ。

「母が『もうすぐ遠足なのにごめんね』って言って……仕方ないことだとわかってたし、大丈夫だよって答えたんですけど、ほんとは心配だったんです。うちの学校、ふだんは給食だったから、お弁当の日って一大イベントなんですよね」

「わかる。他のやつの弁当、横目でちらちらって見るよな。すごい気合入った弁当作る母さんとかいるし」

ぼくが言うと、菜月が大きくうなずく。

「そうそう。人目も気になるし、いつもと違う楽しい時間なわけじゃないですか。そういうときに、わびしいお弁当食べるのは悲しいなあって思って」

お父さんは「まかせとけ」と菜月に言ったけれど、彼は料理をしたことがない。お母さんの入院中、父娘はずっと父方のおばあさんの家にごはんを食べに行っていたのだという。おばあさんがお弁当を作ってくれるのかもしれないが、彼女の料理は昔ながらの「おばあちゃんのごはん」で、子どもの喜ぶメニューではなかった。

当日、気を揉んでいた菜月に、お父さんはお弁当箱を持たせた。

「お昼に開けたら、オムライスでした。わたし、卵星人って呼ばれるくらい、昔から卵が好きで、オムライスがいちばん好きなんですよね。それも、薄焼き卵で巻くタイプじゃなくて、チキンライスの上にふわふわの卵がのってるタイプ。それが、お弁当箱に入ってたんです。ブロッコリーとミニトマトも入ってて、きれいな色合いで」

自分で話しながら、菜月はちょっと目を潤ませた。

「父が母に作り方を聞いて、朝早く起きて作ってくれたんです。わたしが遠足でみじめな思いをしないように。料理なんて、したことなかったのに」

　花柚さんは早くももらい泣きしていた。素敵なお父さまね、とティッシュで目元を押さえている。

　菜月は付け足した。

「すんごい、まずかったんですけどね！　チキンライスはべたべただし、卵から水分出てたし、ブロッコリーには味ついてないし」

　笑いを取ったところで、菜月は涙ぐんだのを帳消しにするように声を明るくした。

「あのときのこと思いだすと、家でのごはんはともかく、お弁当だけはちゃんと作らないとな、って思うんです。父が会社でわびしい思いとか恥ずかしい思いしたら、なんか、小二だったわたしも悲しくなっちゃうような気がして」

　うっうっ、と声を漏らしながら花柚さんはティッシュで涙を拭い、急に菜月に抱きついた。抱きしめられた菜月は、ちょっと恥ずかしそうな顔でもじもじしていた。


　どこか遠くから、プーッとラッパの音色が聞こえてきた。抑揚のついた、豆腐屋のラッパだ。春の夕方のもの悲しさに、その音色は似合っていた。

菜月を地下鉄の駅まで送っていく途中、東の空に楕円《だえん》の月が浮かんでいた。満ちていく途中の、いびつな月だ。いつの間にか昇っていて、日没の頃にはもう空に浮かんでいる。

ちどり亭でバイトを始めてから、よく空を見るようになった。

これはたぶん、旧暦の行事を大事にしている花柚さんの影響。昔の暦は月の動きをもとに作られているから、店の日めくりカレンダーにも毎日の月の形が描かれているのだった。

花柚さんといると、同じ日本人なのに違う文化の中に生きている人がいるんだなとよく思う。

ちどり亭で働いていると、部屋をきれいに整えること、丁寧においしいごはんを作ること、季節の花を飾ること、そういうことだけで毎日が構成されて、それ以外のものが世の中に存在しないような気がしてくる。

もちろん、それは花柚さんがそう見せているだけだった。一つの店を経営しているのだ。現実には花柚さんだっていろいろと煩わされていることがあるに違いない。

でも、ちどり亭にいると、人間関係のトラブルやささいな悩みといったものから切り離されているような気分になるのだった。他に割のいいバイトだってあるのに、ちどり亭で早朝バイトを続けているのは、それが理由なのかもしれない。

「大学生っていいよね。人間関係がぐーんと広がった感じ」

歩きながら両手を広げて、菜月が言った。

「前も言ったけど、わたし、高校まで男友だちいなかったんだ。でも、今は彗太がいるでしょ」

「いや友だちじゃねえし」

半笑いで言うと、菜月も笑って「ちょっと！」と叫び、ぼくの背中を叩いた。

「まあ、いいよ。とにかく、彗太と友だちになって、そのおかげで花柚さんとか美津彦さんとも知り合えたでしょ。これってすごいことだよね。だって直接の接点なかったんだもん」

牽制《けんせい》でもなんでもなく、彼女が本当にぼくと友だちになったことをうれしく思っているというのがわかって複雑な気分になる。

正直に言えば、友だちは男で間に合うし、ぼくは女の子に友情なんか求めてないのだ。

でも彼女は、友だちの仁義にしたがって、久我さんを好きになっちゃったとぼくに打ち明け、久我さんがらみで何かあればちゃんと報告する。相談したいというよりは、とにかく好きな人の話をしたいのだと思う。

「あのね、ちょっといい報告があって」

急にそわそわしながら菜月が言いだした。

「なに」

警戒しながら尋ねる。菜月にとっての「いい報告」は、たいていぼくにとっての「悪い報告」だ。

案の定、菜月は声を弾ませた。

「来週の金曜日、久我さんにお花見に連れてってもらえることになった」

「……ふたりで？」

菜月が小刻みに何度もうなずく。

「久我さん、春休み中は塾講師のバイトばっかりで心荒《すさ》むって言ってたから、気晴らしにどっか行きましょうよって誘ったの。人数多くなると大変だから、負担にならないようにふたりでパッと行ってパッと戻ってきましょうって。すごいドキドキした」

ぼくの顔を振り仰いで、菜月ははにかむように笑った。

驚きはしなかった。ついにこのときが来てしまった、という諦めの方が強かった。

「そうか、よかったな」

祝福の言葉は、意外なほどするりと口から出てきたけれど、心はこもっていかなかったかもしれない。

菜月がそれに気づく様子はなかった。彼女は落ち着きなく、握り締めたこぶしを振っている。

「ああ、何着ていこう。あんまり気合い入れすぎると引かれちゃうよね。お弁当も作っていきたいんだけど、わたし、考えたらお父さん以外の人のためにお弁当作ったことないや。花柚さんに相談してもいいかな？」

「弁当についてならいいんじゃない？　恋愛のことは相談しても無駄だと思うけど」

「うん、うん。あとで、メールでお願いしてみる。あのね、もう言っちゃおうと思うんだ。怖いけど、なんかもう、黙ってられなくて」

菜月の目はきらきらしていて、顔は幸せに満ちあふれていて、胸が痛かった。

不思議なことに、久我さんが彼女を受け入れてくれればいい、と思った。

そんなことになれば自分は苦しくなるに決まっているけれど、喜びと期待で輝いている彼女は本当に可愛かった。この顔がゆがむところを見たくはなかった。できることなら、ずっとこのまま明るい彼女でいてほしかった。

そんなふうに思ったのは、もうずっと前から結末に予想がついていたせいかもしれないけれど。

　翌日、花柚さんは店を閉めるとすぐに出かけた。

「菜月ちゃんが、相談があるんですって。わたし、あそこの抹茶タルト大好き!」

なんて言いながら、すみれの花の柄の着物の上に藤色のショールを羽織って、いそいそと店を出ていった。三条通沿いのカフェで待ち合わせしているのだという。

　帰ってきたのは二時間後。ぼくがあらかた後片付けと掃除を終えて、いつものように暇をつぶしに来ていた美津彦さんとコーヒーを飲んでいたときだった。

「彗くん、ちょっとここにお座りなさい」

　帰ってきた花柚さんは、コーヒーを淹《い》れに行ったぼくを呼びとめた。

　怒っているような、困っているような、どちらともつかない顔をしていた。花柚さん自身が表情を決めかねているようだった。

　ぼくがすごすごと戻ってテーブルに着くと、花柚さんは向かい側に座った。

そして、意を決したようにぼくを見て口を開く。

「正直におっしゃい。彗くんって、菜月ちゃんのこと好きよね!?」

勢いのあまり、詰問するような口調になっている。

気づかれていたことがちょっと意外だった。この人は、そういうことに非常に疎そうなのだ。

「ええ……まあ、そうですけど……」

ごまかすと面倒なことになりそうな雰囲気だったので、仕方なくそう答えた。

美津彦さんは「へー」と無感動に言ってコーヒーを飲んでいる。

「だめ、黙っていられないわ！　彗くん、……」

花柚さんは言いかけてから、困惑したように言葉に詰まり、頭を振っている。ぼくを傷つけると思って苦悩しているらしい。

仕方なくぼくは言った。

「菜月が好きな先輩とデートして、告白するって話でしょ」

「どうして知ってるの!?」

「いや、本人から聞いてますし……」

「どうして相談してくれないのよう！」

「人に言っても仕方ないじゃないですか、そんなこと」

「そんなことないわ。こう見えてもわたしは、お見合いマスターよ。毎週お見合いしてるんだから。ためになることの一つや二つ……」

「お見合い、一回も成功してないですよね？」

「……」

勢いで禁句を口にしてしまった。

花柚さんが黙り、左の頬をふくらませる。

美津彦さんが眉をひそめてぼくを見た。

「おい、お前、本当のことなら何でも言っていいと思ってるだろう。本当のことほど人を傷つけるんだぞ！　花柚が超絶モテないなんて言うな」

超絶モテないなんて誰も言ってない。

花柚さんが立ち上がって、美津彦さんをぽかぽか叩く。そしてあたりをうろうろと歩き回りながら、頭を抱えている。

「ああ、もう、どうしたらいいの！」

菜月から相談を受けた花柚さんは動揺して、ひとまず弁当のおおまかな方向性だけを決め、詳細は次回の料理教室で、と話を保留にしたらしい。

「困ったわ、お花見デートですって。どうしたら阻止できるのかしら。京都中の桜の枝を切り落とすわけにもいかないし」

「花柚、お前、前に警察官と見合いしてただろう。そいつに頼んで、市内の花見スポットの周辺を封鎖しろ」

「そんなことできるわけないでしょう！　交通課の方じゃなかったし。封鎖したってお花見できる場所は市外にもたくさんあるわ」

「前日の夜のうちに、そいつの家の鍵穴に蠟《ろう》を流しこんでおくのはどうだ？　部屋から出られない」

「そんなの、半日くらいしかもたないわよう。鍵屋さんが来て終わり。一日拘束できたとしても、翌日も翌々日もあるのよ。こうなったら、もう先輩の存在自体を」

「ちょっとちょっとちょっと!!」

　さすがに声を張り上げて止めた。

　大人がふたりもいるのに、「その前にお前が告白しろ」みたいな常識的なアドバイスが一切出てこないのは、どうなんだろう。言っていることもダメすぎる。

「あの、もう、心配してくれるのはありがたいんですけど、阻止する必要ないんです。菜月は振られます」

きっぱりと言うと、花柚さんはさらにおろおろした。

「え、え、どうして」

「久我さんっていうその先輩、彼女がいます。隠してますし、他の誰も気づいてないみたいですけど」

彼女というのは彩子さんのことだ。華やかな美人ではないけれど、しっかり者の。久我さんが彩子さんを選び、しかも二年近くずっと付き合っているようだということに、ぼくは好印象を抱いていた。

「証拠はあるのか？　単なる願望じゃないだろうな」

美津彦さんが腕を組んでぼくを見る。

休みの日に、ふたりが一緒に歩いているところは何度か目撃されていた。「付き合ってるんですか」という質問はそれなりに何度かサークルの中から出ていて、そのたびにふたりはそれぞれに「家が近くて、よく遭遇するのだ」と説明していた。サークルの中では友人以上の関係をうかがわせる様子がまったくなかったので、いつもその場で疑惑は立ち消える。

「証拠はこれです」

ぼくは携帯端末を取りだして、メモしていた内容を読み上げる。

「ある日の久我さんの弁当。おむすび、ごぼう・ひじき・大豆のサラダ、目玉焼きハンバーグ、ミニトマト、グラタン。グラタンの中身はチーズでよく見えませんでしたが、少なくともじゃがいもとブロッコリーは入ってます。彩子さんの弁当。ふりかけごはん、ポテトサラダにミートボール、ごぼうのきんぴら、卵焼きにひじきと大豆の煮物、ミニトマト、ブロッコリーの胡麻和え」

先日のミーティングの日に見た弁当の記録だ。

花柚さんが「まあ」と言いながら、口元に手をあてる。

「別の日の久我さんの弁当。パン、ピーマンの肉詰め、いんげんとにんじんのチーズ入り肉巻き、茹で卵と海苔とレタスのサラダ。彩子さんの弁当。ごはん、野菜入りミニハンバーグとレタス、味卵、海苔のチーズ巻き、ピーマンのおかか和え」

花柚さんが尋ねる。

「ハンバーグに入っている野菜はいんげんとにんじんね？」

「そうです」

「お弁当の材料がほとんど同じだわ。ミートボールとハンバーグとピーマンの肉詰めの肉だねは同じだし、グラタンはポテトサラダとブロッコリーのアレンジね」

「そうなんです。あと五回分くらいデータはありますけど……どうですか⁉」

勢いこんで美津彦さんに言うと、彼はさっと目を逸らした。ドン引きしていた。

「ど、どうですかと言われても、気持ち悪いとしか……すまん……」

「彗くん、本当にお料理ができるようになったのねえ」

花柚さんは褒めてくれたけど、ぼくは美津彦さんの「気持ち悪い」発言に落ちこんだ。せっせとメモを取る行動の気持ち悪さに、自分でも薄々気づいてた……。

ぼくのショックには頓着せず、花柚さんはしみじみとため息をついた。

「そのアヤコさんという人、家庭的なのね。同じお弁当だとふたりの仲が知られてしまうから……っていうのもあると思うけど、彼は洋食好きなんでしょう。最小限のアレンジでかなり見た目を変えた上、ちゃんと彼の好みに合わせているもの。学生さんなのにすごいわ」

「そうなんですよ……」

ただのサークル仲間としての態度を見ていても、久我さんは彩子さんのことを評価してるし、信頼している。

菜月だって、可愛くて優しくて、見かけによらずまじめないい子だ。でも、彩子さんに太刀打《たちう》ちできるとは思えない。

「ふたりがお付き合いしてること、菜月ちゃんは知ってるの？」

「付き合ってるんじゃないかって話は何回かしましたよ。さすがに弁当の話はしませんでしたけど」

菜月が久我さんを好きだということは、本人に打ち明けられる前から気づいていた。嫉妬がなかったとは言わないけれど、それよりも、彼女がその事実を知らなかったために、しなくていい悲しい思いをするのは避けたかった。だから、噂話として何回か伝えてはいたのだ。

でも菜月の中では、そんな話はなかったことになっている。

振られる可能性だって考えなかったはずがない。思いとどまるに足る言い訳なら、いくつだって用意できるのに、菜月は失敗について考えないことを決めたのだ。

「それにしても、その先輩の男の人は、どうしてお付き合いしてるって言わないのよ」

腹立たしげに花柚さんが尋ねる。

「サークルの中で付き合ったり別れたりすると周りが気を遣うからじゃないですか。それに……彼女がいるって言ったら誰も寄ってこないけど、そうじゃなかったらモテる人ですし。モテたら気持ちいいじゃないですか」

「そんな常識みたいに言われても、モテたことないからわからないわ！」

花柚さんが憤る。さっき美津彦さんに「超絶モテない」と言われたのを根に持っているのだ。

「久我さんは、菜月が自分のことを好きだって知ってると思います。彼女がいなかったとしても、知ってて何も言わないのはその気がないからです」

久我さんは悪い人じゃない。他の女の子と浮気するつもりなんて、ないんだと思う。でも、彼女の他に自分を好きな女の子がいたら気分がいい。菜月とふたりで出かけたって、仲のいい後輩だし、と言い訳ができる。

誰にでもあるような、ちょっとしたずるい気持ちだ。でも、菜月は大泣きすることになる。好かれている方は、常に無神経で無邪気で、残酷だ。

「まわりができることなんて何もありません。あるとしたら……弁当のこと、一緒に考えてやってください。菜月が料理習いたいって言いだしたの、あれ、たぶん、おれの料理の写真見た久我さんが、冗談で『嫁に来いよ！』って書いたからですし」

言ったらますます胸が苦しくなった。

菜月はまだうまくいく可能性を信じているのに、はたから見ているぼくの中ではもう結末が決まっている。それがまたやるせないのだった。

「わかりました」

間をおいてから、花柚さんはきっぱりとした口調で言った。

「わたしは菜月ちゃんと一緒にメニューを考えるし、作り方も教えます。でもそれは、菜月ちゃんと彗くんのためよ。その先輩には、早くハゲるように呪いの念を送っておくわ」

さすがに大人だと見直しかけたけど、花柚さんはやっぱり花柚さんだった。

続いて美津彦さんがまじめな顔で口を開く。

「お前に、愛に関する尾《お》崎《ざき》紅《こう》葉《よう》の金言を授けよう」

「何ですか」

「〝人間よりは金の方がはるかに頼りになりますよ。頼りにならんのは人の心です〟」

ぼくは思わず突っこんだ。

「美津彦さんの信条なんか聞いてません！　ムードに流されてなんか言いたくなっただけでしょ！」

まったく……。

失恋したからといってしんみりもさせてもらえない店だった。

日めくりカレンダーの言葉が「雀始巣《すずめはじめてすくう》」から「桜始開《さくらはじめてひらく》」へ替わった。

「桜始開」の言葉どおり、桜はあちこちで花開き、街が薄紅の色に覆われはじめていた。

当日の朝、ぼくと花柚さんに一斉送信で送られてきたメールには、菜月の作ったお弁当の写真が添付されていた。

桜の塩漬けと梅肉を刻んでそれぞれに混ぜこんだ二種類のおむすびに、卵焼きに菜の花のおひたし、チキンの照り焼き。ブロッコリーとアスパラと生ハムのサラダ、ミニトマト。

バスケットに入ったそれは、女の子らしく華やかだった。

〈うまくいったら三時までにメールします。メールがなくても慰めは不要です〉

菜月はこちらを気遣ったのだろう。

振られたと報告されても、どう慰めたらいいのかわからない。

「あら素敵。桜のおむすびね」

もうすぐ正午という時間帯。花見弁当を手に取ったおばあさんが声を上げた。

三つ入った小ぶりのおむすびの表面に、淡いピンクの桜の花が貼り付けてある。

「ごはんに自家製の桜の塩漬けを刻んで混ぜてます。中も桜の味ですよ。ごはんは、白米と雑穀米の二種類です」

花柚さんに教えられたとおりに説明をする。

桜の塩漬けは昨年、花柚さんが作って保存しておいたものだ。ソメイヨシノと八重桜の二種類があって、今日使ったのは色の淡いソメイヨシノの方。表面に貼り付けたものは塩抜きして食べやすくしてある。

「三ついただくわ。今日、これからお稽古のお友だちとお花見なの」

「ありがとうございます。一昨日《おととい》くらいから一気に咲いてますね。土日は混みそうだから、今日はちょうどいいですよね」

「ほんと、毎年この時期はすごい人よねえ。どこ行っても混んでるけど、琵琶湖疏水《びわこそすい》のこのあたりはあまり知られてなくて穴場なのよ」

おばあさんが、ボードに張られた配達用の地図を指し示して教えてくれる。

一年近くたって、京都の地理もずいぶん頭に入ったし、年代の違うそれぞれのお客さんともそれなりに会話ができるようになった。

三月・四月は一年のうちで最も仕出しが忙しいし、弁当もよく売れる。卒業式・送別会・花見・入学式……と会食の機会が多いのだ。

ちどり亭の近くにあるお花見スポットは、二条城《にじょうじょう》と御所、六角堂《ろっかくどう》に木屋町通。弁当を広げられる場所は限られているし、距離があるのでここまでわざわざ観光客が弁当を買いに来ることはあまりない。でも、地元の花見客の要望は多いので、一昨日からいつもの日替わり弁当とおむすびセットに加えて、花見弁当も出していた。

花柚さんの話だと、日本みたいな「花見」は海外にはないのだという。

もちろん花を愛する心は世界共通で、ヨーロッパなんかは特に庭園に情熱を燃やしているし、花を観賞する習慣はある。でも日本みたいに、花の咲いている場所まで行って飲み食いする「花見」は一般的じゃないというのだ。

「しかも、お弁当とかお団子とか、それ専用の食事を作ってるのって素敵ね。特にお花見団子って見た目もキュートだもの。斜に構えずに、素直に楽しむべきなのよ」

一昨日のおやつの時間、花見団子をもぐもぐ食べながら、花柚さんは言った。

彼女は店のブログで、花見団子の三色の由来について、いくつかある説のうちの一つを紹介していた。

ピンクは春の桜、白は冬の雪、緑は夏の葉の色。「秋」が「ない」から「飽きない」。駄洒落《だじゃれ》だった。

しょうもないなあ、と思うけれど、そういう遊び心や無邪気さが、陽気な花見の場には似合う気がした。

菜月は、毎年すさまじく混んでいる円山《まるやま》公園までわざわざ行くと言っていた。にぎやかで華やかな花見の場で、菜月はきっと今ごろ、弁当の包みを開いているだろう。

初めて父親以外の人のために作った、華やかで可愛らしい弁当を。


時計の針が十五時を指したのを、ぼくも花柚さんも見たけれど、特に何も口にはしなかった。

店を閉めると、花柚さんが当然のことのような口調でさらりと言った。

「今日は、わたしがお掃除するから、先に厨房を使ってもいいわよ」

そして、濡らした布巾でテーブルやレジカウンターを拭きはじめる。

ぼくはありがたく、明日の仕込みの前に厨房を使わせてもらうことにした。

エプロンはつけたまま、頭に手拭いを巻く。冷蔵庫から材料と、棚から花柚さんのお弁当練習帖三十四巻を出して、手順を確認する。

ぼく自身は、花柚さんから教わった「しらす」と「あさつき」の入った和風が好きなのだけど、今日はオーソドックスな洋食タイプ。

昼の残りの白米を二杯分蒸し、その間に玉ねぎと鶏肉を刻んで、バターを熱したフライパンで炒める。

冷めてもおいしいように、塩コショウはいつもよりちょっとだけ多め。まずは具材にケチャップで味をつける。ごはんを加える前に水分を飛ばしておくと、ごはんがべったりしにくいのだ。

ボウルに割り入れた卵二つを菜箸で溶きながら、ぼくは尋ねた。

「こんなことして、本当に意味あるんでしょうか」

厨房にお茶を淹れにきた花柚さんは、やかんを火にかけながら答えた。

「失恋を癒すっていう意味なら、ないわよ」

あっさりと言って、茶筒のお茶を茶こしに入れる。

「おいしいものを食べたら問題が解決するなんて、そんなに人生は簡単じゃないでしょ。でもね、食べたものは絶対無駄にならないの。炭水化物は体を動かすエネルギーになるし、たんぱく質は爪とかお肌とか髪とか、体のあちこちを修繕してくれるし。絶対、その人の力にはなってる。体が元気じゃなきゃ、心だって元気にならないの」

普段は子どもみたいな花柚さんも、料理に関してはしっかりとした哲学があって、そこはさすがだと感心させられる。

卵二つに対して、酢を小さじ半分だけ混ぜる。

酢を入れると卵が固まりにくくなって、ふわふわのままになるのだ。

酢が入っている点では同じなので代わりにマヨネーズを使ってもいいけれど、今回はごはんの方を炒めるのにバターを使っているので、油分を控えるために酢にした。熱を通せば酢の匂いは消える。

コンソメで卵にも味をつけながら、初めて花柚さんの作ったごはんを食べた日のことを思いだす。

不摂生と二日酔いでボロボロになっていた体に、食べ物の栄養が染み渡っていった、あの感覚。

失恋に対して他人は本当に無力だ。何もしてやれない。だからせめて、好きなものを食べてほしいと思う。それが巡り巡って、彼女の力になってくれればいいと思う。

花柚さんがやかんのお湯を注いで、湯呑《ゆのみ》を温めながら続けた。

「それに、わたしたち、毎日お弁当を作っているけど、それは不特定多数のお客さんのためでしょう。特定の誰かのためじゃないわよね。最近はコンビニのごはんもおいしいし、外食するところもいっぱいあるけど、家のごはんと外のごはんって、そこが決定的に違うの」

花柚さんの白い手が、空にした湯呑にお茶を注ぐ。

「体と心のことをちゃんと考えて、自分のためだけにごはんを作ってもらえる人なんて、本当はそんなに多くない。だから彗くんがやろうとしてることは、いいことだと思ったわ。だって、菜月ちゃんのためにごはんを作ってくれる人は、もういないんだもの」

菜月のお母さんはもういない。彼女のためにオムライスを作ってくれたお父さんも、今はもう料理を作ることはない。ひとり娘が悲しんでいたら作ってくれるかもしれないけれど、きっと、菜月が失恋したことをお父さんに話すことはないだろう。

振られて泣いて、それでもお父さんに悟られないよう、いつもどおりに夕食の準備をしなければならない菜月のことを思うと、あんまりにもけなげでかわいそうな気がしたのだ。

渡すものがあるから、ちゃんと玄関まで出てくるように、とメールを送って、配達用の軽自動車で菜月の家まで行った。何度か家まで送っていったことがあったから、迷わずにたどり着いた。

ドアチャイムを鳴らす。

「……はい」

インターフォン越しに聞こえた菜月の声がすでに濡れていて、胸の奥の方がぎゅうっとすぼまるような感覚に襲われた。

「ちどり亭の配達です」

マイク部分に向かってそう言うと、しばらくしてから、恐る恐ると言った調子で玄関のドアが細く開き、菜月が顔を見せた。

案の定、目が真っ赤で、薄茶の髪も乱れに乱れていた。「ついさっきまで号泣してました！」と書いてあるのも同然の有様で、ぼくはしばし言葉を失った。

「先回りされちゃった」

菜月は笑い話にしようとしたらしいけど、当然うまくはいかず、さらに涙をぽろぽろこぼしはじめ、何を言っているのかよくわからなかった。

根気よく待って話を聞くと、弁当を食べてもらうところまではいったのだが、告白されると察知した久我さんが、「俺の彼女も料理が好きだ」という話をしたらしい。

本当にどうにもならない話だ、と思う。

恋愛ほど、「努力したら報われる」が通用しない世界もない。

気を持たせるようなことをした久我さんもよくなかったけれど、基本的に彼は親切で、善良な人だ。決して悪い人ではない。

菜月だって、久我さんに彼女がいる可能性を無視して勝負に出たのだから、ある種、自業自得だ。でもやっぱりかわいそうだし、痛々しい。

「朝作った弁当の残り、ある？」

尋ねると、菜月はけげんな顔をしながらも涙を拭き拭き答えた。

「……あるよ」

「もう見ない方がいいだろうから、くれ」

うなずいて、菜月は家の奥に姿を消した。しばらくして、小さな紙袋を持ってくる。

「タッパーのままだけど、ごめんね」

「じゃあ、これと交換。夕食はこれで。お前と親父さんのふたり分」

「なあにこれ」

ぐずぐず泣きながら菜月が尋ねる。

「オムライス」

言うと菜月がまた泣きだした。

今はもう、何を言われても泣くのだろう。そして、どんな慰めの言葉も届かない。

「菜月」

「うん」

「好きです」

言うつもりのなかった言葉が、するりと出た。

届かないと思ったら、かえって気楽だった。

驚いた菜月の前に手を掲げて、ストップをかける。

「返事がいる話じゃない。お前は今日ひとりに振られたけど、ひとりに告白されたから、プラスマイナスゼロ。つまり、そんなに悪い日じゃない」

菜月はハンドタオルで涙を拭き、笑った。冗談だと思ったらしかった。

まあ、いいや。

「じゃあまた」

タッパーの入った紙袋を提げ、手を挙げて背中を向けた。

「彗太、ありがとう。また来週」

もう一度背後へ向けて手を振る。

実はさっき、厨房の冷蔵庫を開けたときに、仕込みの材料とは別に、何か隠すように紙袋にくるんで入れてあったのを見た。

ちどり亭に戻ったら、花柚さんがまたへんな気を回して「失恋した彗くんを慰める会」の用意をしている気がする。そして美津彦さんはまた、何の慰めにもならない金言を口にするのだろう。

今日はあちこちで、誰かが誰かのためだけにごはんを作っている一日だ。

# 2. 玄鳥《つばめ》至《きたる》、
# 「黄色い麻薬」とお礼状

茶こしに小麦粉を入れて、生鮭《なまじやけ》の切り身の上から振りかけると、薄くむらなく雪が積もったように切り身が白くなった。

熱したフライパンに油を引き、鮭の切り身と四つ割りにしたエリンギを入れる。

ジュワーッと油のはぜる音。しばらくすると、魚の脂が出てくるので、菜箸の先に挟んだキッチンペーパーでこまめに拭き取る。放っておくと、バチバチと脂が跳ねまくって近寄れなくなってしまうのだ。

両面に焼き目がついたら取りだして、フライパンの汚れを拭き取ってから煮汁の材料を煮立てる。


「魚は表になる方を先にやく。やくとあぶらが出て、フライパンがよごれて、あとにやいたほうの見ためがきたなくなるから」

「こなをまぶすと、にじるがからんでしっとり」

これは蒔岡花柚ちゃん（十歳）からのアドバイス。

春休み中、まかないとしての昼食をつくるのはぼくの仕事だった。これは花柚さんから習った料理の復習もかねていて、そのときにはいつも棚に入った花柚さんのお弁当練習帖を見せてもらう。

今日のレシピはお弁当練習帖全九十六巻のうちの第二巻に入っている。花柚さんが先生に料理を教わりはじめてしばらくたった頃に書いたものだそうだ。

煮汁に薄切りにした生姜《しょうが》を加え、鮭とエリンギをフライパンに戻す。なにげなくパラパラとノートをめくっていると、裏表紙の内側になにか貼ってあるのに気づいた。

どうやら手紙のようだった。

拝啓《はいけい》　風かおる五月となりました。みなさまお変《か》わりなくお過《す》ごしのことと存《ぞん》じます。

先日はたんごの節句《せっく》のお祝《いわ》いに、かしわもちをありがとうございました。家族《かぞく》全員でおいしくいただきました。

藤沢《ふじさわ》先生のご指導を受けていると聞きました。自分の弓道《きゅうどう》の先生も書道の先生も、継続《けいぞく》は力なりとおっしゃっています。今後もおはげみください。

まずは書中をもちましてお礼申し上げます。

敬具《けいぐ》

五月五日

永谷総一郎

蒔岡花柚様

生成りの地に金箔《きんぱく》が散った、渋い縦書きの便箋。

毛筆の筆跡は、堂々として貫録があるけれど、幼い。整ってはいるけど、どことなくアンバランスで、力が入りすぎた感じだ。

そのうえ漢字の横には、明らかに大人のものだとわかる字でルビが振ってある。

「わあ、今日はきれいね。焦げてないし、きちんと照りも出てる」

店から厨房に戻ってきた花柚さんが、皿に盛りつけた照り煮を見て声を上げた。

「待ってね……ほら、こうやって、木の芽を添えると色もきれいよ」

花柚さんがタッパーから短くちぎった木の芽を取りだし、鮭の上に乗せる。

鮭の橙《だいだい》とエリンギの白に緑が加わって、確かにきれいに見える。

鮭の照り煮にほうれん草と油揚げの味噌汁。昼の残りのおむすびに、空豆と海老のガーリック炒め、クレソンのナムル。

一緒に遅い昼食をとりながらさっきの手紙について尋ねると、花柚さんはうふふ、と微笑んだ。

「可愛いでしょ。六年生の男の子にもらったの。四年生のとき」

鮭の照り煮を箸で割りながら、にこにこして説明する。

「お料理の教室で、もうすぐ端午の節句だからって柏餅《かしわもち》の作り方を習ったの。家でたくさん作っておいしかったから、遠い親戚のお家におすそ分けしたのよ」

すると次の日、郵便受けにあの手紙が入っていたのだという。

「今見ると、お母さまに言われて書いたんだろうな～って思うし、『おはげみください』なんて、おじいさまが考えて口頭で言ったのをそのまま書き写したって感じよね。でも、お料理でお礼状をもらったのが初めてだったからうれしくて。母が記念にって、練習帖に貼ったのよ」

弁当は基本的に、家の外で食べるものだ。

誰かのためにそれを作った人は、弁当箱のふたが開かれる瞬間を、食べている人の顔を、見ることができない。「おいしかったよ」というその言葉でしか、相手の反応を知ることができない。

仕出しのお礼の手紙や、お弁当の感想メール。自分を幸せにしてくれる反応を、その都度、花柚さんはお弁当練習帖に貼っていた。

彼女を喜ばせるものはたくさんあるけれど、花柚さんにとっての最初の幸せは、親戚の男の子からもらったというその手紙だったのだ。

日めくりカレンダーの季節の言葉は「清明《せいめい》」に変わった。二十四節気の一つ、草木の花が咲きはじめ、万物に清らかでほがらかな気があふれてくる時期、らしい。セイメイ、という発音からしてすがすがしく爽やかな感じがする。

四月の初め。

二か月近くあった春休みも、もう残りわずかだった。

サークルの仲間とまだ雪の残る山に登りに行ったり、新入生の勧誘をしたり、「失恋ソングを歌いまくりたい」という菜月のカラオケにつきあったりして、四月上旬の日々は過ぎていった。

桜はあちこちでまるで爆発したような勢いで咲いていて、街全体がソメイヨシノの薄紅の気配に覆われているようだった。桜の名所と言われる場所は、連日人が詰めかけて、すごい人出になっている。

朝の空気もすっかり甘く柔らかくなって、花の気配を含んだ風がとろとろと店の中にも流れこんでくる。

「今日は豆ごはんだって聞いてたから、事前に予約したのよ。うちの人が大好きだから、売り切れないように」

開店間もない七時過ぎ、近所の生花店の奥さんが予約票を差しだして言った。

店の商品を楽しみにしていてくれる人がいるというのは、アルバイトの身でもうれしいものだ。

ちどり亭の豆ごはんは、えんどう豆をごはんと一緒に炊かない。一緒に炊くと豆の皮が温度変化でしわしわになってしまうし、色もあせてしまう。だから、先にゆっくりと青豆を煮て、その煮汁を使ってごはんを炊くのだ。

煮汁に豆の風味はしっかりついているし、あとから豆を載せるので、つやつやしたままの豆を食べることができる。

「ありがとうございます。今日は特にうまく炊けた自信があります！　……味付けは花柚さんなんですけどね」

ぼくが会計しながら答えると、花柚さんが後ろの棚に並べてあった「預かり」の弁当箱を持ってくる。

「お好きだって聞いたから、今日はごはん、ちょっと多めにしました。鰆《さわら》の味噌漬けもおいしいですからね」

花柚さんがふたを開けて中身を見せ、喜ぶ奥さんに弁当箱を包んで渡した。そのときだった。

のれんの片側を手で押さえ、男の人が入って来た。

隣にいた花柚さんがはっと息を呑むのがわかった。

一年近くレジ対応をしていたので、ぼくもお客さんの顔はそれなりに覚えている。初めて見る顔だった。

視線が引きつけられる。見たところ、二十代半ば。背が高く、スーツの上にチャコールグレーの薄手のコートを着ていた。端整な顔立ちをして、黒縁眼鏡をかけている。

「そうくん……」

花柚さんの顔から、いつもの柔らかな微笑が消えていた。

生花店の奥さんと入れ替わるようにして、彼はまっすぐレジにやって来た。そして花柚さんの顔を見て口を開く。

「仕出しを頼みたい」

驚いている花柚さんを見て、少し気まずそうに続ける。低い声だった。

「急で悪いが、明後日《あさって》の昼だ。府庁に八人分。頼めるか？」

花柚さんがすっかり動揺してあたふたしているので、ぼくが代わりに、レジ台の下からクリップボードを出した。

仕出しの予約は、ここに挟まれたバーチカル形式の週間予定表にメモしてあるのだ。

「大丈夫です。お手数ですが、あちらのお申し込み用紙に記入をお願いします」

新しくお客さんが来たので、入り口左手にある応接用のテーブルを指し示した。

そちらへ向かう彼の後ろ姿を目で追いながら、容姿が整っているということ以上に、一つ一つの所作が落ち着いていて洗練されているのだ、と気づいた。

彼が立ったままテーブルで申し込み用紙に記入している間、花柚さんはいつもどおりに常連のお客さんと笑顔でやり取りしていた。しかし、彼が戻ってくる途中で弁当を一つ手に取ったのを見ると、またそわそわしはじめた。

弁当の会計をしながら、ぼくは彼が出した申し込み用紙を見た。

名前は永谷《ながや》総一郎《そういちろう》。会議弁当八人前、届け先は京都府庁。

最近どこかで見た名前だ……と考えて、思いだした。お弁当練習帖に貼ってあった手紙の差出人だ。

花柚さんの動揺に気づいているのかいないのか、永谷氏はあごを持ち上げてどこか高圧的な口調で言った。

「少々厄介な案件だ。できれば詳細を打ち合わせしたい。空いている時間はあるか？」

花柚さんはクリップボードに目を落として落ち着きなく答えた。

「二時に店を閉めるの。そのあとは七時くらいまで明日の準備をしてるから、その間ならいつでも。……美津くんもいるかも」

「二時半に来る」

短く言い、買った弁当の袋を提げて永谷氏が店を出ていく。

永谷氏の書いた申し込み用紙をボードに挟み、花柚さんはそれを見てまたぼんやりしていた。

朝の休憩時間、昼の弁当用に焼いた鰆を箸でつまんでじっと見つめながら、花柚さんはひとりごとのようにつぶやいた。

「朝出した鰆の味噌漬け、味が薄くなかったかしら」

厨房の作業台で豆ごはんをかきこんでいたぼくは、眉を寄せて答える。

「いや、うまかったですよ」

「アスパラのおひたしも味があまり染みてなかった気がする」

「朝に味見したときは、いつもみたいに『おいしい、わたし天才！』ってはしゃいでたじゃないですか」

「作った直後はおいしいに決まってるもの。お弁当は時間がたってもおいしくなきゃだめなのよ」

「冷めてもおいしくなきゃダメ」というのはバイトを始めたときから幾度となく聞かされていたことだ。冷めてもおいしいように、味付けを濃くする、水分が出ないようにする、と料理教室のときにも言われている。

だけど、花柚さんが自分の作ったものに対して不安を訴えることなんてこれまでなかったことだ。なにしろ、毎日「わたし、天才！」と言っている人なんだから。

ぼくはしばらく黙って花柚さんの顔を見ていた。

それに気づいて、花柚さんが落ち着きなく視線をさまよわせる。

「……今朝、仕出しの注文していった人、」

アスパラを噛んでいた花柚さんが口の動きを止めた。

「かっこよかったですよね」

「そ、そう？」

「服とか高そうだったし、金持ちっぽい」

「仕立てはテーラー中野《なかの》さんよ。うちの父も、美津くんもお世話になっているわ。目が飛びでるくらい高いってわけじゃないし、彗くんも一度お願いしてみたら？　特にお洋服は、体に合ったものにするだけで見栄えがずいぶん変わるのよ」

どうでもいい方向に話を持っていっている。

自分でそれに気づいたらしく、花柚さんは困惑したように口をつぐんだ。

本当に様子がおかしい。

「あの人、練習帖の手紙の人ですよね」

「ええ」

「単刀直入に訊きますけど」

「なあに」

「花柚さんの元彼でしょ」

子どもの頃からの知り合いらしい、という点では美津彦さんと同じだけど、間に流れる空気が全然違う。明らかにわけありの関係だ。

ところが花柚さんはぼくの目をまっすぐに見返し、きっぱりと答えた。

「ちがうわよ」

「え、じゃあ、何ですか？」

「元婚約者です」

「……」

「……」

厨房内が静まり返った。

嫌な汗がどっと吹きだす。

特大の地雷を踏んでしまった……。

「……あの、すいません！　ホント、おれ、無神経で……！」

箸を置き、ぼくが焦りながらしどろもどろになって詫びはじめると、花柚さんは左の頰をふくらませた。手のひらで作業台を叩く。

「ねえ、彗くん！　今、当たり前みたいに、わたしが愛想尽かされて振られたんだって思ったでしょう!!　違うんだからね！　ほんと、いつも悪気なく失礼なんだから！」

「え、あ、違うんですか？　じゃあ、どうして……あ、いや、言いたくなければいいんですけど」

明らかに危険な話題だ。半分腰が引けたような言い方になってしまった。

それが腹立たしかったらしく、花柚さんはふてくされたような口調で答えた。

「兄が失踪したの！」

「……」

「……」

再びの静寂。

やっぱり地雷原だった……。

焦っているぼくを見て、花柚さんは慌てて言い直した。

「違うわ、ええっとね、順番に話をするわ」

右のこめかみに指先をあて、花柚さんは考えを整理するように宙を見た。

奥の和室から戻ってきた花柚さんは、薄い大判の本を三冊、持っていた。

画像データを取りこんで製本した家族のアルバムだという。出入りの写真屋さんに五年ごとに作ってもらっているのだと花柚さんは説明した。

家族の写真集を作るという感覚から、ぼくはもうすでに理解ができなかった。

「これがうちの家族です」

花柚さんが写真集の一ページを見せた。

どこか広い庭園を背景にして、和服の一家が微笑んでいる。お正月なのか、男性は羽織に袴《はかま》、女性は華やかな色合いの着物を着ていた。見たところ、子・父母・祖父母の三世代。兄と妹らしい子どもふたりは、まだ小学校に上がる前くらいの年齢に見える。

「これがわたし。これが兄」

「似てませんね」

「ねえ彗くん！　最初に言うべきことは『花柚さん、可愛いですね』でしょ！」

「あ、すいません……可愛いですね」

言わされた。

「これ、どこですか。どこかの寺？」

「うちの庭」

え、と声を上げてもう一度見た。

刈り揃えられた草地の中を川が蛇行して流れ、奥には小さな滝らしきものが見える。

庭は木立に縁取られ、その向こうには山がそびえていた。

「めちゃくちゃ広いじゃないですか！　おかしいですよ、これ！」

「そう見えるだけよ。借景って聞いたことあるでしょ。実際はそんなに広くないわ」

御所の近くにある祖先の家は、重要文化財。

今住んでいる岡崎の家は、明治・大正時代の政治家が別荘として建てたものを買い取ったもので、「ちどり亭」の店名の由来になった茶室と庭園も重要文化財なのだという。

以前菜月が言っていた「ちょーすっごいおうちなんだよ！　お姫さまなんだよ！」というのはどうやら本当だったらしい。

「始まりは鎌倉時代、藤原北家《ふじわらほっけ》閑院流《かんいんりゅう》の……って説明したら長いけど、とにかく古くて面倒くさい家ね」

あっけらかんと花柚さんは要約した。

当主の最大の使命は、先祖伝来の財産を目減りさせないことと、血筋を絶やさないこと。当然、跡取りは大事にされ、おじいさん・お父さん・四つ年上のお兄さんの三人だけ、毎食「お菜が一品多い」という明確な特別扱いをされていたのだという。

「わたしなんか、いずれよそへ嫁ぐ女の子だからって、本当におまけ扱いだったのよ。

総くんとの結婚だって、その場のノリで決まったんだから」

片頬をふくらませて花柚さんは語った。

旧家の結婚は面倒らしく、本人同士の意向も考慮されないわけではないけれども、相手の家の家格や財産、収入、遺伝病、身内の人柄や行状まで徹底的に調べた上で、当主の了解を得なければならない。財産はあっても、親戚付き合いだのしきたりだのが非常に面倒だから、最近では「しかるべき家柄で、なおかつお嫁に来てくれる人」もなかなかないそうだ。

そんな事情もあり、花柚さんが生まれたときの祝いの席で、永谷氏のおじいさんが、

「お前のところ、もう跡継ぎがいるだろ。女の子の方はうちの孫にくれ」

と言いだしたのに対し、花柚さんのおじいさんが、

「よし、一局指そう。お前が勝ったらやるよ！」

と応じ、酔っ払ったじいさん同士のやり取りで話が決まってしまったのだという。

もともと家同士の付き合いがあり、両家の間で何回か婚姻関係を結んでいたので、スペックの問題は互いに難なくクリアしている。

そんなわけで、物心つく頃にはすでに、花柚さんは二歳年上の永谷氏と結婚することが決まっていた。いわゆる許嫁《いいなずけ》というやつだ。

ただ、それも花柚さんの住んでいる世界ではたいして珍しいことではないようで、花柚さんには「そうなんだ」くらいの認識しかなかった。子どもでもあるし、うれしいとも嫌だとも思わず、そういうものとして双方が受け入れていたのだという。

「これが総くんとわたし」

花柚さんが見せた写真には、小さい男の子と赤ちゃんが写っている。

ゆりかごに寝かされた赤ちゃんを二歳くらいの男の子がのぞきこんでいて、その人差し指を赤ちゃんがにぎっていた。「花柚三か月　総一郎くんと初対面」とキャプションがついている。子どもの頃の永谷氏はずいぶんあどけない顔をしている。

その後も、永谷氏はアルバムの中にかなりの頻度で登場した。

永谷氏と美津彦さんは、花柚さんのお兄さんの友だちだったらしく、お兄さんと一緒に何回か写っていた。永谷氏はそれとは別に、花柚さんの入学式だとか卒業式だとか、人生の節目節目に必ず登場して一緒に写真を撮っているのだった。

「まあ、これは総くんの意志じゃなくて、おじいさまの名代としてお祝いに来てくれてるんだけどね」

それもふたりが将来結婚することが決まっていたからなのだろう。

子どもの頃の永谷氏はお兄さんと親しくしているばかりで、花柚さんにはたいてい無関心だったが、将来結婚する相手だという認識はあったらしい。花柚さんも、お母さんに言われるままに花嫁修業として師匠に料理を習いはじめた。

ところが、花柚さんが高校生のときに状況が一変する。

ある日、東京の大学に進学して家を出ていた花柚さんのお兄さんから手紙が届き、それを読んだご両親やおじいさんが泡を食い、大騒ぎになった。

手紙の内容は、簡単に言えば、「縁を切りたい、探さないでくれ」だった。

ご両親が大慌てで東京へ向かったけれど、マンションはすでに引き払われ、お兄さんは大学も辞めていた。しばらくは親戚が総力を結集して行方《ゆくえ》を捜していたようだったけれど、お兄さんは結局見つからずじまいだった。

「大事にはされてたけど、そのぶん、親戚もうるさいから……もともと跡継ぎのプレッシャーで鬱々としてたみたいだし、東京で自由な世界を見て、もう嫌になっちゃったのよね、きっと。自分の意志で姿を消したんだし、生きてればそのうちまた会えるでしょ、ってわたしは思ってたんだけど、両親と祖父はもう、がっくりきちゃって」

花柚さんが言うには、跡継ぎに逃げられたということ以上に、「失踪するほど、この家が嫌だったのか！」という嘆きが大きかったのだという。

そして、その後すぐに、気を遣った永谷家から婚約解消の申し入れがあった。

なにしろ、跡継ぎがいなくなったのだ。今度は花柚さんが家付き娘として婿養子を取って跡を継がなければならない。

こういう場合、分家から婿を取るのが一般的なのだそうだけど、分家にちょうど良い年回りの人が少なく、いても病気がちだったり素行に問題があったりして婿養子としてはふさわしくない。

そんな事情で、永谷氏との結婚生活のために料理にいそしんでいた花柚さんは、八百年にもわたる家の歴史を引き継ぐため、自称「お見合いマスター」な人生をスタートさせたのだった。

ひととおりのいきさつを説明され、ぼくはちょっとぼんやりしてしまった。

あまりにも自分の人生とかけ離れていて、リアリティが感じられなかったのだ。

「許嫁」なんてマンガの中にしか出てこない設定だと思ってたし、跡継ぎのおかずが一品多いとか、跡継ぎがいなくなったから婚約解消するとか、「いつの時代の話ですか？」という感想しか持てない。

ただ、腑に落ちたところもあった。

「前に、菜月に仕事を始めた理由、話してたじゃないですか。高校生のときに人生が変わるようなことがあったって。あれって、このことですよね？」

尋ねると、ようやくいつもの調子を取り戻して、もりもりごはんを食べはじめた花柚さんがうなずく。

「そうよ。よく、決められた人生を言われるままに歩むことを『敷かれたレールを進む』っていうけど、わたしの場合、途中でいきなり廃線になっちゃったんだからね！」

その言い方がおかしくて、思わず笑ってしまう。

「ずーっと、この人のお嫁さんになるんだって思って育ってきたから、確かに淋《さび》しくはあったんだけど、ショックとか悲しいってほどじゃなかったのよ。自分が選んだわけでもないし、選ばれたわけでもないんだもの。ただ、これからどうやって生きていったらいいのかわからなくて、あのときはすっごく不安になっちゃって……それで、人の都合に左右されないことがしたいって思ったのよね。お婿さんを探すのとは別に」

箸を置き、食後のお茶を淹れながら、花柚さんは肩で息をした。

親戚の中には、女が商売をするということを問題視する人もいて、最初はかなり横やりも入ったらしい。けれども、頭の固いおじいさんがそのときばかりは「兄の尻拭いをさせられるんだから、道楽くらい大目に見ろ！」と矢面に立って庇ってくれたのだという。

お店のことを「道楽」呼ばわりしているあたり、何だかなあ……とぼくは思ったけれど、そのあたりの感覚も庶民とは違うのだろう。

「ああ、でも、話したら落ち着いてきたわ。家同士のお付き合いは今もあるし、仲たがいしたわけでもないのよね。ただ、兄もいないから、もう七年くらい、総くんと会う機会もなくて……。府庁にお勤めだとは聞いてたけど、全然関係ない人みたいになってたの。だから今朝はびっくりしちゃったのよね。完全に大人の人だったし」

花柚さんが人づてに聞いた話によると、永谷氏も相応の家柄の結婚相手を一から探さなければならなくなり、見合いに追われているらしい。家を背負っている身だと、自分の好き嫌いだけでは話がつかず、大変なようだった。

花柚さんは気分を入れかえるように、両手で頬を軽く叩いた。

「どういう話だとしても、お仕事を頼んでくれたんだから、精一杯やらないとね」

割り切ったようなことを言いながらも、花柚さんのまわりにはまだ、舞い上がったようなふわふわした空気が漂っていた。

昼過ぎから降りだした雨の気配が、さわさわと街全体を包んでいる。春雨の名にふさわしい、けぶるような柔らかな雨だ。

午後二時半ぴったりに、永谷氏は店に現れた。仕事で外へ出る用事があり、そのついでに寄ったのだという。

店の片付けに取りかかっていたぼくは軽く挨拶だけして、陳列台を拭いていた。

割烹着を脱いだ花柚さんは、霞《かすみ》の文様に桜の花の散った着物を着ている。二つある応接用テーブルの一つに永谷氏を案内し、急須で玉露入りの緑茶を淹れていた。湯呑を彼の前に置き、尋ねる。

「眼鏡、いつからかけてるの？」

「大学に入ってからだ。受験勉強で視力が落ちて」

テーブルの向かいに座った花柚さんに向かって、居心地悪そうに永谷氏は答えた。

花柚さんも落ち着かない様子で、意味もなくもぞもぞと椅子に座り直している。

沈黙のあと、永谷氏が言った。

「……元気そうで何よりだ」

「おかげさまで。おじいさまのお加減はいかが？　ちょっと前まで入院されていたでしょう」

「歳だから仕方ない。本人はひ孫の顔を見るまで死なないと言い張ってるが」

「そう……」

「……」

永谷氏は無口な人のようだったし、いつも無邪気にはしゃいでいる花柚さんも、今日は口数が少ない。

ふたりが黙って茶を飲んでいると、脇から声が飛んできた。

「おいおいおい、お前たち、無駄に多い見合いの経験がまったく役立ってないじゃないか！　なに黙ってるんだ」

美津彦さんだ。

いつもどおり昼過ぎにやって来た彼は、応接スペースのベンチに陣取って本を読んでいた。永谷氏がやって来たときには、ちょうど花柚さんの出した食事を取っていたところだったのだ。

苦虫を嚙みつぶしたような顔で永谷氏が言う。

「黙れ」

花柚さんも口をとがらせてつぶやいた。

「うるさいわよ」

美津彦さんの家と永谷氏の家もまた遠い親戚にあたり、ふたりは幼稚園から大学までずっと同じ学校に通っていた幼なじみなのだという。

何かを思いだしたように永谷氏が美津彦さんを指さし、花柚さんに尋ねた。

「おい、あいつからちゃんと金を取ってるんだろうな？」

美津彦さんが肩をそびやかして答える。

「俺は現代の貴族だぞ？　現金など持ち合わせていない。よって一円も払っていない」

永谷氏が眉をつり上げて立ち上がり、美津彦さんのシャツをつかむ。

「財布を出せ」

「や、やめろやめろ！」

美津彦さんはわめいて抵抗したけど、ポケットに入っていた財布を奪われた。

財布をあらためた永谷氏が、無表情になる。

無言で財布を美津彦さんに返し、再び椅子に腰かけて彼は尋ねた。

「……財布を持ち歩く意味はあるのか？」

「小遣いをもらったときに、金を入れるところがないと困るじゃないか」

パラサイト体質を全開にしたセリフに、花柚さんが笑いだす。

美津彦さんの茶々のおかげで、いくぶんか緊張も和らいだ気がした。

「事の経緯はこうだ」

気を取り直したように姿勢を正し、永谷氏は説明した。

府庁の若手職員が主導ですすめている府のPRプロジェクトがあり、その一環として京都在住の書道家・紫香《しが》泰山《たいざん》の力を借りたいと考えていた。

予算の都合で謝礼も多くは出せないため、その交渉のための席を明後日に設けた。

しかし、昨日、いつも頼んでいる仕出し屋が、食中毒を出して営業停止になってしまった。営業停止は店側の自粛で、保健所の調査は今日なのだが、どちらにしても注文はキャンセルだ。

他にも出入りの仕出し屋はあるのだが、若手だけで新しいことをやろうとしているのだから、仕出し屋も新しいところを開拓しよう……ということになったのだという。

「泰山先生って、確か、山科《やましな》の方にお住まいなのよね。総くんの書道の先生のお友だちじゃなかった？」

　両手で湯呑を包みこんだまま、花柚さんは尋ねた。

「そのコネで打診した」

　不本意そうに永谷氏が言い、花柚さんが答える。

「コネでもいいじゃないの。長男は面倒ごとが多いんだから、そのぶん家の力を使ったってばちは当たらないわ」

　紫香泰山はぼくでも知っている有名人だ。

　本もたくさん書いていて、業界内では以前から名の知られた人だったらしいけど、一般に知られるようになったのは最近だと思う。メディアに登場して「ガミガミがんこ親父《おやじ》」みたいなキャラクターで人気になっていた。

　歳はたぶん七十くらい。いつも作務衣《さむえ》を着ていて、白髪交じりの髪は爆発している。いかにも芸術家といった感じの人だ。

　書も何回か見たことがある。ただ、ぼくはそっち方面のセンスとか嗜《たしな》みがまったくないので、悲しいことに「何が書いてあるのかわからない」という感想しか持てない。

　泰山先生の出ているテレビ番組を見た翌日、その話をしたところ、美津彦さんは「文字を解体して再構成する。彼は書の世界におけるピカソなのだ」と言った。

彼は泰山先生の書が好きらしく、「ピカソのキュビスムとは」と語りはじめた。それが泰山先生の書以上に意味不明だったため、辟易《へきえき》したのを覚えている。

「メディア上の泰山先生は破天荒な人物だが、実際は教養もあり伝統を重んじる方だと聞いている。お前は藤沢先生の弟子だ。お前の作るものに間違いはないと思っているが、くれぐれも失礼のないようにしてほしい」

永谷氏はそう言って、参加メンバーの概要と予算、希望する内容を述べ、いつも頼んでいる店のメニューリストを見せて説明した。花柚さんはうなずきながらメモを取り、写真の入ったちどり亭のメニューを見せていくつか確認を取る。

桜御膳というランクの会議用弁当をベースに、泰山先生に合わせて内容をアレンジするということに決まった。

美津彦さんは隣のテーブルでずっと黙って本を読んでいた。茶々を入れたのは最初だけで、あとはずっと我関せずの態度を貫いている。

「今日は来てくれてありがとう」

花柚さんは、店の出口まで永谷氏を送った。

「びっくりしたけど、久しぶりにお話しできてよかった」

背の高い永谷氏の顔を見上げて花柚さんが言うと、傘の留め具を外しながら永谷氏がまじめな顔をして応じた。

「ちゃんとお前の店に利益が出るようにやってくれ」

「え？　ええ、もちろん」

「商売だって、軌道に乗れば、いずれ親戚からの口出しもなくなる」

開けた戸口から風が吹きこんできて、永谷氏と花柚さんの髪をそよがせた。

「お弁当も買ってくれてありがとう」

花柚さんの言葉に、外を見たまま永谷氏が答えた。

「鰆がうまかった」

彼の後ろ姿を見送る花柚さんの顔は見えなかったけれど、はたから見ていたぼくですら、胸のうちがふわっとした。

花柚さんは髪飾りからこぼれたおくれ毛を指で引っ張って、そわそわしていた。

昼のまかないを作ろうとしたぼくを引きとめ、花柚さんは指示した。

「予定変更！　急いでサンドイッチを作って」

そして自分は、昨日のうちに仕込んでおいたキッチンバットを冷蔵庫から出してきて、デザートの準備をする。昼は軽食で済ませてほしいのだという。

ハムときゅうりと卵のサンドイッチに、コーヒー、自家製黒蜜ときなこをかけた豆乳プリン。

黒蜜は最近花柚さんが改良を重ねているもので、さらっとしていて、あえて少しだけ黒砂糖の粒を残してある。豆乳プリンはわざとゆるく、とろけるような食感に作ってあって、黒蜜きなことよく合うのだ。

軽食の準備を終えると、花柚さんは美津彦さんの本を取り上げ、自分もテーブルについて厳かな口調で宣言した。

「これから、泰山先生対策会議を始めます」

仕出しのスケジュール表を見せ、時間軸を指さしながら説明する。

「いい？　府庁への配達は明後日の十二時。遅くとも三十分前には完成していないとだめです。日替わり弁当の内容をこの会議用弁当と揃えて、まとめて作るとしても、仕上げは、朝九時から十一時にすることになります。前日までに試作品も作っておきたいし、材料は、前日までに卸問屋さんに注文しておかないといけません。さらに、めずらしい食材が必要なら今日中に連絡しておかないと。よって、メニューの決定は今日の七時までにします」

ハイ、と美津彦さんが手を挙げる。

「何ですか、美津彦くん」

「なぜ俺まで駆りだされてるんだ」

肩をそびやかして尋ねた美津彦さんに、花柚さんは教師のような口調で告げた。

「一宿一飯の恩、という言葉があります。わたし、美津くんを五十回くらい奥に泊めてあげてるし、ほとんど毎日何かを食べさせてあげてます。五十宿五百飯の恩です。貴族でも恩は返さないといけません」

美津彦さんは黙り、ぼくはあきれた。そんなにたかってたのか……。

「もちろん、お弁当で一発逆転なんてできないわ。あくまでも、決め手になるのは、府庁のみなさんの交渉です。でも、おいしいお弁当で後押しはできると思うの」

花柚さんは真剣な口調で続けた。

「うちの祖父と父がよく言っているわ。最後にものをいうのは、お金とか条件ではなくて、人と人との信頼関係よ。この人のためなら仕方ない、一肌脱ごうって思ってもらうことよ。だから、おいしいお弁当をお届けして、泰山先生には、それを用意した総くんたちにちょっとでもいい印象を持ってもらいたいの」

花柚さんが店のメニュー表を指し示す。

「交渉の席には、泰山先生と、マネージャーでもある奥さまがいらっしゃるのよね。総くんが奥さまにご要望をうかがったら、和食で、きのこは抜いてほしいってことだったから……基本はいつもの仕出し用の桜御膳。洋食メニューを和食メニューに差し替えて、あとは一つか二つ、泰山先生の好きなものを入れようと思うの。ただ、その先生の好物というのがわからないのよ」

奥さんからも「和食、きのこ抜き」以外の要望はなかったという。

しかし、幸いにも泰山先生は有名人だし著作も多いので、情報を集めることはできるだろう、というのが花柚さんの考えだった。

「では、今から各自のミッションを言い渡します。彗くんはネットで泰山先生の好物を調べる。美津くんは今から図書館に行って、先生の随筆からヒントを探してくる」

「雨降ってるんだが……？」

「五十宿五百飯の恩！」

文句を言いかけた美津彦さんの言葉を封じ、花柚さんは宣言した。

「わたしは夕食の準備と明日の仕込みをしながら、まず、これまでのお見合い相手の方三人に電話をします」

「何で⁉」

思わず訊き返したぼくに向かって、花柚さんは説明する。

「テレビ局にお勤めの方と、書芸院の方、美術館勤務の方よ。三人ともたまにお弁当を買いに来たり、仕出しを注文したりしてくださってるわ。テレビ局の方は、お見合いのとき、泰山先生の特集をしたことがあってご本人と面識があるって話をなさっていたから、期待大ね。書芸院と美術館の方は、直接接触はしていないかもしれないけど、書芸院自体は泰山先生とお付き合いがあるし、美術館も泰山先生の作品の寄贈を受けているから、何か聞いたことがあるかもしれない」

さすが自称お見合いマスター。お見合いによる情報収集ネットワークが構築されている。いったい何のためにお見合いをしているのか、問いただしくなるほどだ。

「失敗続きの見合いも役に立つものだな……」

「失敗してません」

感心したように言った美津彦さんの言葉に訂正を入れ、花柚さんは立ち上がった。

「集合は六時半です。晩ごはんはごちそうするからよろしくね」

雨の中へ出るなんて苦行だ、と美津彦さんがいつまでもぐずぐず渋っているので、結局ぼくが配達用の車で一緒に府立図書館まで行くことにした。

図書館でもネットにアクセスはできるし、大学でレポートを書いた経験から、ネットでヒントを得てから本で原典に当たる、という作業が必要になると思ったのだ。

全体が淡いピンクに染まったような京都の街も、雨の日は薄墨のような色合いになる。散った花びらがアスファルトの上に貼り付いて、タイルのような模様を作っているのが見えて、それはそれで風流だった。

「永谷さんって、花柚さんに会いに来たんですかね」

信号待ちで車を止めている間、思いついて尋ねると、美津彦さんは一言で切って捨てた。

「知らん」

京都には仕出し屋と菓子屋が多い、ということは以前花柚さんから聞いた。

都の人々は、頻繁に入れ替わる権力者たちに翻弄されてきたため、彼らに反抗はしないがあてにもしない、というスタンスに至り、町衆による自治を行った。自治には寄合がつきもので、その話し合いの場には仕出し料理と手土産のお菓子が必要だった。そういう歴史的な慣習もあって、京都の人は共食の場を大切にしているのだ……というような話だったと思う。

最近ではそうでもないようだけど、昔の京都ではお客さんには仕出し料理を取ってもてなすのが礼儀で、家庭料理を出すのは失礼なことだったのだという。

先斗町や祇園《ぎおん》みたいな花街のお茶屋さんも、料理は店で作らずに仕出しを取っているそうだし、現在高級料亭と言われているお店の多くも、もとは仕出し屋だったらしい。

全国的に見ても、京都は仕出し屋の多い街なのだ。

たくさんある店の中から、永谷氏がこじんまりとやっているちどり亭に白羽の矢を立てたのは、やっぱり花柚さんが許嫁だったからなんだろう。

「なんかおれ、今日の花柚さんが嫌なんですよね」

信号が青に替わり、ゆっくり車を発進させる。

「こう、花柚さんには子どもらしくいてほしいというか……」

言いながら気づいた。一年近く付き合ってきたのに、見たこともないような顔を見せられて、それでぼくは不安になっているのだ。

本当に勝手なことだけど、年上なのに無邪気で陽気な花柚さんのことをぼくは「しょうもない姉」みたいに思っていたところがあって、その「姉」像が崩れるのが嫌なのだった。

もっと言うと、花柚さんが永谷氏のことでいつか悲しい思いをするんじゃないかという予感が、すでにある。

「まあ確かにおかしいな。今日の花柚は。いつもとは別の意味で」

美津彦さんが肩をそびやかした。

「総一郎もいやに気を遣っていたし」

「え、気遣ってたんですか、あれ……」

生まれながらの王子さまのごとく、あまりにも自然に威張っているのでそのときには何も思わなかったけど、よくよく思い返すと、永谷氏は花柚さんに対して常に上からものを言っていた。言葉だけ見ると「〜してくれ」と依頼の形をとっているのに、その実は命令口調である、という非常に複雑な俺様ぶりを発揮していたのだ。

「あそこは亭主関白の家系で、あいつも子どもの頃から『メシ、フロ、ネル』だったからな」

「何ですか、その嫌な子ども……」

「ちなみに俺は、やつらが許嫁だった間、十分以上続けて会話してるのを見たことがない」

「仲悪いじゃないですか！」

「いや？　そんなこともなかったと思うぞ。花柚の兄のことがなければ、問題なく結婚してただろうし」

もう許嫁ではなく他人だから、それなりの礼儀を尽くしているのだろうというのが美津彦さんの分析だった。

「まあ、何にせよ、仕事を振ってもらったんだから、花柚にとって損はない。損と言えば、俺がこき使われていることくらいだ」

助手席の窓枠にひじをつき、美津彦さんは肩をそびやかした。

でもきっと、言うほど嫌じゃないんだろう。


店に戻ると、花柚さんはすでに夕食をテーブルの上に並べて待っていた。

雑穀入りのごはん、えのきとアスパラの牛肉巻き、蕨《わらび》と油揚げの含め煮。キャベツと新たまねぎのサラダ、切り干し大根としめじの梅肉和え、きぬさやと麩の味噌汁。

サンドイッチとプリンだけでは三時間持たなかったので、ぼくは歓喜して食べた。ひとり暮らしだと食事は「シンプル上等！」になりがちなので、たまにこういう品数の多い夕食にありつけるとありがたい。

「首尾は上々ね。イメージが固まってきたわ」

それぞれが控えてきたメモを交換して眺めると、花柚さんは表情を明るくした。


【彗太のメモ】
・生まれは山形県鶴岡《つるおか》市。二十代前半に京都在住の師匠のもとへ弟子入り。
・みかん大好き。箱入りみかんをひとりで二週間もかけずに食べきった。ひと冬に三箱は食べる。
・しいたけが嫌い。しめじも嫌い。「松茸《まつたけ》に大金を使うのはバカバカしい。カビのくせに生意気」（本人談）
・自称「恐妻家」。一度、運転中の妻を怒らせて、車ごと崖から落とされそうになったことがある。

【美津彦のメモ】
・妻は女傑。山形から京都に出てきたあと、同郷の妻が下宿先に押しかけてきて、押し切られて結婚した。
・妻の好物は「×××」。名前を書くと送ってくる人がいるので、書かない。自分も嫌いではないが、妻の「×××」狂いは異常で怖い。残骸が積み重なっているのを見るとぞっとする。京都には存在しないので安心していたが、先日、物産展で買ったと言って似たものを知り合いがくれた。妻の目の色が変わるのを見た。妻は何回も物産展に足を運んだ。別名「黄色い麻薬」。

【花柚のメモ】
・食べ物にはうるさくない。でもロケ弁は結構残していた。「歳のせいか、最近脂っこいものとか味が濃いものがダメ」。きのこが嫌いだそう。甘いものは好き。
・京都へ来て驚いたこと…ちまきが甘い。完全に菓子になっている。
・仕事のマネージメントは奥さまがしている。先生自身が奥さまの意見を重要視しているため、影響力は大きい。

・奥さまは料理上手のもてなし好き。外食はほとんどしない。
・プラスチックを憎悪している。不自然で美しくないから。
「器は漆塗りでいきましょう。脂っこいのがダメ、ってことだから、メインは魚にします。でも、淡泊すぎるのは物足りないから、ちょっとこってり目の煮物がいいわね。みかんも、カットしたものをそのまま出すのは芸がないから、果実をできるだけそのまま使ったゼリー寄せがいいかも」

お弁当練習帖の新しいページにメモを取りながら、花柚さんは言った。

ちなみに、ゼリーを作るときに使うゼラチンは常温で溶けるため、お弁当には寒天かアガーという植物由来のゲル化剤を使う。

「きのこ嫌いは相当ね……念のため、しいたけだしも避けましょう」

確かに、「カビ」呼ばわりしているし、原型をとどめていなくても察知されそうだ。

ぼくはあらためて花柚さんと美津彦さんの書いたメモを読み返した。

「なんかこの人、奥さんネタ多いですよね。しかも恐妻ネタ」

「普段は、三歩下がって歩く、ってタイプの奥さまみたいよ。ただ、泰山先生が修業中の貧しかったときに、奥さまが働いて先生を養っていたみたいだから、頭が上からないのかもね」

美津彦さんが、心底うらやましそうな顔をして何か言いかける。花柚さんが即座に反応した。

「世に出る人だ、と信じてたから支えようと思えたのよ。美津くんみたいに寄生する気満々な男の人はだめ」

花柚さんは、頬に右手をあてて続ける。

「先生の心証も大事だけど、話を聞く限り、キーマンは同席される奥さまよ。先生は奥さまの意向を尊重されるみたいだから」

「しかし、この奥方、料理上手なんだろう。採点が辛くなるぞ」

美津彦さんの言葉に、花柚さんはうなずく。

「そうなの。そこで登場するのがこの『黄色い麻薬』よ。奥さまが大好きなもの。普段食べられないから、出てきたらうれしいはず。だけど、これ、何かしら」

「黄色くて、京都にはない。物産展で買える。食べたあとに残骸が出る……」

ぼくのつぶやきに、美津彦さんが付け加える。

「しかも、残骸は積み重ねられる。たとえば、ブドウの皮とかいちごのヘタのようなものだったら、『固まっている』とか『山になってる』という言い方をしても、『積み重なる』という表現は使わないだろう。スイカの皮とか、柏餅の葉とか、ある程度面積があるものだ」

「美津くん、これが書いてあった随筆、いつのものかわかる？」

「わかる。念のため、引用元の本は五冊借りてきた。確か、最近の本だったぞ」

美津彦さんが鞄の中から本を取りだす。引用元のページにきちんと付箋を貼っているところは研究者らしい。

美津彦さんは付箋のページをいくつか開いて確かめている。

「初出は、文芸誌掲載の原稿だ。三年前の八月号だが……雑誌は刊行時期と号数がずれてるからな。実際に発売されたのは六月末か七月だろう。雑誌は入稿が遅いと聞いたことがあるが……書いているのは四月から六月と考えてもいいんじゃないか」

「奥さまは何回も足を運んでいるから、近くのデパートの物産展ね。彗くん、三年前の三月から六月の物産展のこと、調べて。わたしは、山形県の郷土料理を調べるわ。先生も奥さまも山形のご出身でしょう？　京都にはないけど、山形にはあったものかもしれない」

花柚さんは店のパソコンを使ってもいいと言ったけれど、遠慮した。年代物で、動作が遅くてイライラするのだ。店のブログの更新のため、花柚さんに頼んで無線環境だけは整えてもらったので、必要となれば他の端末からもプリントアウトができる。

ぼくと美津彦さんは携帯端末を出して物産展について調べ、花柚さんは奥の和室に本を取りに行った。

仕出し屋とは思えない仕事風景だ。

お客さんから仕出しや弁当についてリクエストがあれば、花柚さんは極力それに応えようと努力をする。だけど、頼まれてもいないメニューについて探すのは初めてのことだった。ぼくも店でこんなに調べものをしたことはない。

今回の対応は、異例中の異例なのだ。

「この時期に京都市内でやってた物産展は、北海道展と九州展、沖縄展です」

ぼくが言うと、美津彦さんもおおむね同じ結果だ、と答える。

「山形展とか、東北展はなかったのね」

「一応、黄色いものが写ってるチラシ、出しますね」

「北海道展」「九州展」「沖縄展」で画像検索して、黄色いものが写っているものを片っ端から確かめる。食べ物ならば即座にプリントアウト、という作業を繰り返す。

そうして一時間。

「結構ありますね、黄色っぽいもの」

和室のプリンターから出してきた画像をテーブルに広げる。

さつまいもと餡《あん》を包んだ「いきなり団子」、カステラ、日向夏《ひゅうがなつ》のゼリー、からし蓮《れん》根《こん》、スイートポテト。うに、チーズケーキ、ロールケーキ、マンゴープリン……

「あら」

チラシを見ていた花柚さんが声を上げた。

「これに似たもの、さっき見たわ」

花柚さんが指し示したのは、竹の皮に包まれた固まりだった。

九州展のチラシに載っていた「灰汁《あく》巻き」と呼ばれるちまきだ。

皮をむいた写真もあった。琥珀《こはく》色のごはんの固まり。米粒の形状を残しつつもゼリー状になっている。

「ほら、こっちは『笹巻き』って名前になってるし、竹の皮じゃなくて笹の葉だけど」

花柚さんが持っていた大判の本を見せる。東北地方の郷土料理を紹介したものらしかった。

本に載っていた写真は、笹の葉にくるまれた三角形のちまき。

中身は黄色いものと白いものの二種類。黄色は「灰汁巻き」よりも明るく鮮やかだ。

花柚さんは小走りにもう一度和室へ向かい、本を抱えて戻ってきた。

持ってきたのは別の郷土料理の本。表紙に「九州」と書かれている。花柚さんが「灰汁巻き」と「笹巻き」の写真を並べて見せる。

「山形県の笹巻きには白いものと黄色いものがあるけど、先生が昔お住まいだった庄《しょう》内《ない》地方南部は黄色みたいね。奥さまは、九州物産展でよく似た『灰汁巻き』を買っていらしたんじゃないかしら」

細かく見てみると、材料や形に多少の違いはあれど、作り方はほとんど同じだった。

「不思議ね、鹿児島と山形は遠く離れてるのに。泰山先生、京都のちまきについても言及なさっていたし、きっと奥さまのことがあって意識していらっしゃったのよ」

「葉っぱなら『残骸』の条件にも当てはまりますね」

笹の葉にしても、筍の皮にしても、面積があるから積み重ねることができる。

いま大阪で九州展をやってますよ、とさっき検索中に見つけた話をすると、美津彦さんが眉をひそめた。

「でも、恐妻は料理上手なんだろう。京都にないなら自分で作れるんじゃないのか。好きなんだし」

「作れないことはないだろうけど、面倒だと思うわ。お米が黄色くなってるのは、灰汁水で煮ているからよ。灰汁はなかなか入手できないだろうし……灰汁の代わりに重曹でもいいみたいだけど、笹の葉を買ってきたり、もち米を一晩浸水させたり、二時間も三時間も蒸したりって、時間と手間がかかるのよ」

「灰汁って、料理するときに出るやつですよね？」

ぼくは尋ねた。

煮物をするときにはたいてい灰汁を取らなければいけない。

花柚さんに「おたまであらかた掬《すく》い取ってから、煮物の表面にキッチンペーパーを落として、箸でペーパーを取り除けばきれいに取れる」と教えてもらって楽にはなったけど、料理するときにはひと手間の原因になる厄介なやつだ。

「厳密に言うと、木とか藁《わら》を燃やした灰を水に溶かして、そこから取りだした上澄みの液体が『灰汁』なの。これを使って煮ることで、食材の不快な味のもとを取ってたのね。そのうち、取り除いてた不快な味の方が『灰汁』って呼ばれるようになった……って話を聞いたことがあるわ」

この笹巻きや灰汁巻きを作っている地方でなければ、一般的なスーパーなどで灰汁や灰が売っていることはないだろうと花柚さんは言った。

「もち米ときなこ、黒蜜はあるからよし。ついに黒蜜の出番ね！　笹の葉は、本当は新しいのがいいんだけど……まだ時期には早いわね。夏に冷凍保存したのを使います。

灰汁は重曹でも代用できるみたいだけど、作るならやっぱり本式で作りたいわよね」

花柚さんはしばらく考えたのち、アドレス帳をめくり、店の電話を取ってどこかへかけはじめた。

「もしもし、ご無沙汰しております蒔岡の花柚です。……ええ、ええ、その節はたいへんお世話になりまして。……そーんな！　お役に立ててうれしい。実は、今日は、遠藤《えんどう》さんにお願いしたいことが。……遠藤さんのところ、蒟蒻《こんにゃく》に使ってる灰汁って何の灰かしら？……そう、そう、急なお願いで本当に申し訳ないのだけれど……試作用の灰汁水があったら、一リットル分けてくださらない？」

いくつかの問答のあとで電話を切り、花柚さんは美津彦さんを見た。

「美津くん、明日も暇でしょう？　さっき彗くんが言ってたわよね、いま大阪で九州展をやってるって。わたしはお店があるから、代わりに灰汁巻きを買ってきて。交通費出すから、二十人分」

「暇だと決めつけるな」

「暇でしょう？」

「……暇だ」

しぶしぶのように美津彦さんがうなずいた。

「灰汁水は確保しました。巻くためのいぐさも分けてくださるそうよ。今日のうちにもち米を浸水させておいて、明日一度作ってみるわ。彗くん、手伝ってね。一発でおいしいものができる保証はないから、美津くんに灰汁巻きを買ってきてもらうのは保険。笹巻きがうまくできたら、灰汁巻きはみんなでいただきましょう」

「予想はつくんですけど……遠藤さんって誰ですか」

ぼくが尋ねると、花柚さんはちゃっちゃと食器をお盆に片付けながら答えた。

「ずいぶん前に、お見合いで知り合った方。お父様が蒟蒻メーカーの社長さんで、同じ会社にお勤めなの。さっき灰汁の話をしたでしょ。あれはその方から教えていただいたのよ」

蒟蒻も、昔ながらのものは灰汁で作っているのだと花柚さんは説明した。

またお見合いネットワークなのか……。しかも、さっきの会話を聞いている限り、ギブアンドテイクで交流が続いている様子だ。

「わたしは今から灰汁水をいただいてくるわね。ふたりとも、お皿洗いはよろしく！」

手早く準備を調えて、花柚さんは飛びださんばかりの勢いで店を出ていった。

元許嫁のために、お見合いネットワークを駆使して駆け回っている。

それはすごく奇妙なシチュエーションだと思うのだけど、花柚さんはまったく疑問に思っていない様子だった。


翌日、昼の弁当の仕込みと並行して、初めて笹巻きを作ってみた。

インターネットで検索したら、ちゃんと「笹巻き／笹の葉の巻き方」なんていう動画が存在していた。普通の主婦の人が作ったという笹巻きのレシピもたくさん出くる。ネット社会は本当にすごい。

昨晩から灰汁水につけておいたもち米を、試しに半分使ってみる。

水で戻した笹の葉を拭き、くるっと丸めて三角錐《さんかくすい》を作る。ポケット状になったそこに、おちょこ一杯分のもち米を入れて葉を巻きつけていく。さらに上からいぐさを巻いて留める。

本よりも動画の方がわかりやすかったのだけど、巻き方がわかってもうまくできるとは限らない。特にぼくは何回も失敗して、ぽろぽろともち米をこぼしてしまった。

苦労しながら、とりあえずふたりで十個作り、落としぶたをした鍋で煮ること二時間。

さらに蒸らして、ようやく笹巻き（完全体）のお目見え。

笹を取ってみると、ゼリーのように透きとおったきれいな黄色い餅になっていた。この黄色は、笹の葉の色素が移ったものらしい。ちょっと青臭いような笹の葉の匂いは好みが分かれそうだけど、ぼくは割と好きだった。何かなつかしいような感じがする。

ゼリー状になったもち米はぷるぷるしていて、見た目はかなりうまそうだった。

しかし。

「うーん？　おいしい、かしら……？」

花柚さんが首をひねる。

「まずくはないですけど……『麻薬』ってほどじゃないですよね」

「もち米を蒸したもの（笹の葉の匂いつき）」でしかないのだった。

時間と手間をかけた分だけ落胆してしまう。

まだ美津彦さんの「保険」が残っているけど、これが切り札だっただけに灰汁巻きも似たようなものだったらどうしようと不安が募る。

「味が薄いからかもしれないわ。黒蜜ときなこをかければいいのかも」

花柚さんが、きなこと自慢の黒蜜を持ってくる。

とろりとした黒蜜をかけ、きなこを振る。

恐る恐る口に運ぶと、これが絶品だった。

単に黒蜜が良いだけじゃない。黒蜜の甘さときなこの香ばしさ、もち米の食感があいまってすごくおいしい。一つ一つを小さめに作ったせいもあるのか、もっともっとと手が伸びて、二合分作ったのに、あっという間にふたりで食べきってしまった。まさに麻薬。

「いいじゃない、いいじゃない！　美津くんに買ってきてもらったものも食べてみて、遜色なかったらこれでいきましょうよ」

満面の笑みで花柚さんが言った。

「あれだけ時間かけたのに、おいしくなかったらショックですよね。さっき、本当にどうしようかと思いました！」

「前日からの仕込みだものね！」

気分が盛り上がって、自然と声が大きくなる。

おいしいものは人を幸せにする。時間をかけて作ったものがおいしければ、手間のかかった分だけ作った自分も幸せだ。

「わたしね、今回のお弁当、最初は百パーセント総くんのためだったんだけど、今は奥さまに食べていただきたいと思ってるの」

　緑茶を飲みながら、花柚さんは言った。

「昨日、美津くんが借りてきてくれた図書館の本……泰山先生の随筆ね。それを読んでいたら、奥さまの話がよく出てきたわ。奥さま、泰山先生を追いかけてきたせいでご実家と長い間絶縁状態だったらしいのよ」

　随筆の中で、泰山先生は、妻が勝手に押しかけてきたのだ、と書きつつも、

「結果として帰る場所を奪うことになったのは憐れだった」

「芽の出る保証もない男の生活の面倒を見続けたのも、帰る場所がなかったからだろう」

　と書いていたのだという。

　積み重ねた笹の葉を眺めて花柚さんは言う。

「笹巻きはきっと、奥さまにとってふるさとの味、子どもの頃の思い出なのよね」

そして当日。

西向きの調理台に、小ぶりな漆器の重箱を八個積み重ねる。

うっすらと薄口しょうゆの色に染まったごはんと筍、細かく刻まれた油揚げ。

様子を見に来た花柚さんは、ぼくがお重に詰めた筍ごはんを見て目を輝かせた。

「わたし、炊きこみごはんは筍のがいちばん好き。淡い色に、銀杏《いちょう》形の筍が散ってるでしょ。そこにこうやって、木の芽を載せると、織物の文様みたい」

花柚さんがごはんの上に、緑鮮やかな山椒《さんしょう》の芽を散らす。

淡い生成り色と緑のコントラスト。

壁にかかった時計に目をやり、花柚さんは両の手の平を合わせた。

「十一時八分。いいペースね。じゃあ、引き続き、ごはんはよろしくね」

そう言って、花柚さんは厨房の中央に鎮座した作業台に戻る。

お重は、正方形四つに仕切られたものと、仕切りのないものの二種類。仕切りのない方に筍ごはんを、仕切りのある方におかずを詰めていく。

だし巻き卵、かんぱちの照り焼き、若鶏といんげんのうま煮、生麩の白味噌田楽。ほうれんそうとしらすの和え物、にんじんとごぼうのきんぴら、鹿の子蒟蒻。飛竜頭《ひろうす》と蕗《ふき》の含め煮、生湯葉の梅肉和え、みかんのゼリー寄せ。そして、笹巻きと黒蜜きなこ。

花柚さんは、鼻歌を歌いながら菜箸でおかずを詰めている。

「花柚さん」

「なあに」

「今回、労力が値段に見合ってませんよね」

「コストは予算以内よ。ベースは日替わり弁当と同じだもの」

「労力は全然見合ってませんよね。主に笹巻きのせいですけど」

おかずを詰め終わって菜箸を置き、花柚さんは言った。

「いいのよ。この前言ったでしょう。最終的にものを言うのは、お金とか条件じゃなくて、この人のために一肌脱ごうって思えるかどうかだって」

それに、と付け加える。

「総くんは近いうちにどなたかと結婚するわ。わたしが総くんのためにできることなんて、もうそんなにないのよ」

当たり前のことのように言ったその口調が、あまりにもさりげなくて、さっぱりしていて、だから逆にわかってしまった。

この人は、本当はすごくすごく、永谷氏のことが好きだったのだ。

府庁は御所の西側、ぼくの通うキャンパスと同じ新町通《しんまちどおり》沿いにある。明治時代に建てられたという旧本館はどっしりとして豪奢な西洋風の建築で、一般公開されているらしかった。中にある桜を見に来ているのか、たくさんの人が出入りしているのを見かけた。

庁舎には、いかにも「昭和の役所」といった感じのものもあれば、ピカピカした現代的なデザインのものもある。一号館から三号館まである上、別館もあるわ、同じ敷地内に警察署もあるわで迷いそうだったけれど、永谷氏が出入口を示した地図を置いていってくれていたので、スムーズに到着した。

お重を詰めた木製の番重を車から下ろし、指定の庁舎に入って、永谷氏の所属と名前を告げて呼びだしてもらう。

「待たせたな」

数分後に現れた彼は、グレーのスーツに白いシャツ、黒縁眼鏡を身に着け、ストライプのネクタイを締めていた。以前に会ったときと変わらず気難しげな雰囲気はあったけれど、足の長さも際立ち、はっと目を引く風貌だった。

見合い話がまとまらないという話だったけど、いったい何が原因なのだろう。

まあ、ナチュラルに偉そうなのを、気にする女の人はいるかもしれないけど。

美人だけどモテない花柚さんみたいな例もあるし。

「桜御膳八人前です」

値段とともに内容を確認し、封筒に入れた代金を受け取る。

封筒の中身を確かめ、確かに受け取りました、と頭を下げる。

「重箱は夕方、店に直接返しにいく」

「はい、うかがってます。よろしくお願いします。あの、」

番重を受け取った永谷氏に向かって、声を張り上げた。言わなければ、と気負ったせいか、必要以上に声が大きくなった。

無言で顔を見返してきた永谷氏に向かって、声を落として言う。

「今回、花柚さん、すごく頑張ってました」

人の気持ちを勝手に決めつけてはいけない。花柚さんは本当にただ、幼なじみだった人のために力になりたいと思っただけかもしれない。

だけど、これくらいなら許されるだろう。きっと彼女は自分でアピールしたりはしないだろうから。

言ってしまってから、余計なおせっかいだった気がしてきた。焦っていると、永谷氏は静かに言った。

「わかってる」

ぼくの顔を見たまま、続ける。

「花柚は、親にも親戚にも、俺にも誠意を尽くしたいんだ」

彼が口にしたのはそれだけだった。

でも、わかる。表情、声のトーン、間の取り方。言葉以外のあらゆるものが語っていた。花柚さんと決して結ばれない立場になったことについて、この人だって何も思わなかったわけじゃないのだ。

ではまたあとで、と永谷氏はきびすを返した。

どこかから風に運ばれてきたのか、乾いた桜の花びらと赤いがくがアスファルトの上を流れ、道の端でくるくる渦を巻いていた。


かすかに聞こえてくる、細く高い鳥の声。

七十二候「玄鳥至《つばめきたる》」の言葉のとおりに、燕がやって来て隣の家の軒先に巣を作っているのだった。

燕《つばめ》は可愛いけれど、巣を作られた家は大変だ。巣作りの間じゅう、下に泥や枯草が落ちるし、ひなが生まれたらさらに汚れはひどくなる。それで巣を壊してしまう人もいるみたいだけど、隣の人は巣をそのままに、下に新聞紙を敷いて数日おきにそれを貼り替えていた。優しい人なのだと思う。

のどかな午後だった。

レジカウンターを拭きながら、外の燕の声に耳を澄ませていると、のれんを掲げてひとりの女の人が入ってきた。

「こんにちは」

薄手の藤色のコートを着た女性だった。白髪の髪をショートカットにしている。おばあさんと呼ぶのがはばかられるくらい、背筋が伸び、動作はきびきびとしていた。

「いらっしゃいませ。申し訳ありません、今日はもう売り切れてしまいまして」

慌てて姿勢をただし、そう答えた。

立看板に「完売」の札《ふだ》はかけておいた。桜が散りはじめて「駆けこみ花見」が行われたのか、それとも筍ごはんだったせいなのか、今日は売れ行きが非常によかったのだ。

「ええ、ええ、わかってます。ちょっとお尋ねしたいことがあって」

上品な発声で、その人は尋ねた。

「こちらのお店では、笹巻きを作っていらっしゃるの？」

笹巻きというキーワード。そしてあとから入ってきた和服のアンサンブルを着た体の大きな男の人を目にして、思わずあっと声を上げそうになった。

「た、泰山先生……！」

「いらっしゃいませ」

声を聞きつけたのか、厨房にいた花柚さんが姿を現した。

「まあ、泰山先生と奥さま！」

あちこちに飛び跳ねた白髪交じりの髪と、がっしりした骨格、そして強い存在感を持つ眉毛。間違いなく泰山先生だった。

女性の方は見たことがなかったけれど、奥さん以外には考えられないだろう。

花柚さんは、店主の蒔岡でございます、とお嬢さまらしい優雅さで挨拶をした。

「いえね、今日、こちらのお弁当をいただいて、入っていた笹巻きがおいしかったものだから。わたしね、あれが大好きなの。でも京都ではなかなか食べられないでしょう。こちらでは作っていらっしゃるのかなと思って」

ちょっと恥ずかしそうに、夫人は言った。

ちどり亭のショップカードを手にしている。白地に紺色のちどりのマークと店名、住所・連絡先が入った名刺大のカードだ。打ち合わせのときに永谷氏に言われて、今日、花柚さんが弁当と一緒に番重に入れたものだった。

「このばあさんは、笹巻き狂いなんだ」

腕を組んだまま、泰山先生が言った。声が大きく、テレビで見る破天荒なキャラクターそのものだった。

「お越しいただいてありがとうございます。笹巻きは今日初めて作ったんです。先生と奥さまに喜んでいただきたくて……。試作品ならございますが、お持ちになりますか?」

花柚さんが尋ねると、泰山先生が腕を引いて止めるのもかまわず、夫人は少女のように両手を合わせて喜んだ。本当に好きらしい。

花柚さんに言われて、ぼくは奥の和室で寝ている美津彦さんを起こしにいった。彼は泰山先生の書が好きなので、花柚さんは会わせてあげようとしたらしい。しかし、寝ていたい理由をうだうだと口にしてなかなか起きない。「知りませんからね!」と捨てゼリフを吐いてぼくは店に戻った。

「でも、どうしてわたしが笹巻きを好きだとわかったの？」

応接用のテーブルでぼくの淹れたお茶を飲みながら、夫人は不思議そうに尋ねた。

「笹巻きのこと、言ったり書いたりしたことなかったでしょう？　この人が意地悪するから！」

「食いすぎなんだ！」

ぎろりとした目で夫人を見返し、泰山先生が言う。

顔つきが怖いのだが、夫人がまったく気にしていない様子なのが、どことなくコミカルでおかしい。

「かぎまわるようなことをして申し訳ありません」

謝りつつ、花柚さんはこれまでの経緯を控えめに説明した。

「まあ、仕出し屋さんってすごいのね！　そこまでするなんて、探偵さんみたい！」

「いいえ、今回は特別です。府庁の永谷さんのお気遣いですわ」

「永谷さんって、あの眼鏡の若い方ね。男前よね、うふふ」

昔好きだった俳優の誰々に似ている、と夫人は喜んでいる。

「じゃあ、すっかり術中にはまってしまったわね。あんなところで食べられるとは思わなかったからうれしくなっちゃって」

夫人が泰山先生を見て笑った。

つまり、商談はうまくいったということだ。

ほっとした。実際のところ、ぼくは永谷氏に対しては何の思い入れもない。でも、花柚さんの頑張りは報われてほしかった。

花柚さんもうれしかったらしい。うれしすぎて、泰山先生に、

「奥さまのお好きなものなんだから、通販でもなんでも、買って差し上げればよいのに！」

などと言いだすので、ひやひやした。

花柚さんの無邪気さが幸いしたのか、泰山先生は怒りだすこともなく、腕組みをしてふてくされたように話した。

「俺もそれなりに稼ぎを得るようになって、このばあさんを京都でいちばんと言われる料亭に連れていってやったことがあるんだ。『こんなにおいしいもの、食べたことないわ！』ってはしゃいでいたくせに、安い笹巻きを食ったときの方が喜んでるんだぞ」

「まあ、それはただのやきもちですね」

花柚さんの言葉に、泰山先生が苦笑いして、夫人は笑い転げていた。

そこへようやく身支度を整えた美津彦さんが出てきて、挨拶をした。「白河《しらかわ》」という苗字を口にしただけで泰山先生が反応し、美津彦さんのおじいさんらしき人の名前を挙げて頭を下げた。

支援をいただいてどうこう、と言っていたところを見ると、どうも自称「現代の貴族」は、本当にそれなりの家の出身らしかった。

笹巻きを入れた折箱《おりばこ》を風呂敷で包み、花柚さんはそれを夫人に差しだした。

「今回は知り合いの方にお願いして灰汁水を分けていただいたんです。仕入れ先を教えていただきましたから、端午の節句のあたりに、今度は店でも作ろうと思います。そのときはご連絡いたしますから、ぜひ召し上がってくださいね」

花柚さんはそれから、灰汁水を分けてくれた蒟蒻メーカーの宣伝もしっかりした。こういうところがお見合いネットワークを維持するコツなんだろう。そして、今回のこの出会いは永谷氏のおかげである、という念押しも忘れない。

夫人が大きくうなずく。

「わたし、今日は本当にうれしかったのよ。駆け落ちというんじゃないけど、家のものの反対を押し切ってわたしがこの人を追っかけていっちゃったもんだから……長い間、実家とは疎遠になっていたの。祖母も、母も亡くなった。わたしは作り方を教わらずに出てきちゃったのよね」

同じ山形でも、地方によって笹巻きはいろいろなのだという。餅は白かったり、黄色かったり、黒かったり。形も正三角形だったり、細長い三角形だったり、四角かったり。家によって、味も違うのだと夫人は語った。

「みんなそれぞれおいしいことはおいしいんだけど、もう二度と、庄内の家で食べていた笹巻きは食べられない。今日いただいた笹巻きは、実家の味に似てました。ありがとう」

似ていたのは偶然だ。笹の巻き方だって、いくつもあるとは知らずに、たまたま見つけた動画のとおりにやっただけだし。

それでも作ったもので誰かを喜ばせた、感謝されたというのは、ちょっと胸が熱くなるような経験だった。


紫香夫妻が帰ると、花柚さんは「総くんに知らせなくちゃ」と言って、すぐにパソコンの置いてある奥の和室へ向かった。永谷氏にメールを送るらしい。

永谷氏はあとで漆器を返却しに来てくれるのだから、そのときに伝えればいいんじゃないかと思うんだけど……たぶん、彼にメールを送ってみたかったのだろう。

厨房に戻ってきた花柚さんは、すぐに夕食会の準備に取りかかった。前日から、ぼくと美津彦さんに、「頑張ってくれたお礼に、好きなものをごちそうするわ」と言っていたのだった。

メインメニューは、餃子・あさりの酒蒸し・揚げだし豆腐。

バランス無視の取り合わせだけど、三人の好きなものをそれぞれに入れたのだ。

ちなみにぼくのいちばん好きなものは、とろとろの豚の角煮が入ったカレーなんだけど、これは先月「失恋した彗くんを慰める会」で作ってもらったので、今日は餃子だ。オーソドックスな肉だねに、大葉とチーズを入れて作る。小麦粉をこねる気力がないので、今回は市販の餃子の皮使用。

花柚さんはおろし金で麩をすりおろしている。花柚さんの好きな揚げだし豆腐は、片栗粉の代わりにすりおろした麩を使う。粘りが出ずにさっくり揚がるのだ。

そしてあさりの酒蒸しをリクエストした美津彦さんは、当然のように食べるのが専門。手伝う意志など毛ほども見せず、店のベンチに寝転んで本を読んでいる。

ぼくと花柚さんが厨房で作業していると、美津彦さんの声がした。

「おい、いばりん坊将軍が来たぞ！」

間をおかずに、永谷氏の怒る声も聞こえてくる。

「美津彦！ 両手が塞がってるんだから、戸を開けるくらいしたらどうなんだ！」

ぼくと花柚さんが慌てて手を洗っていたところへ、番重を抱えた永谷氏が現れた。

「入るぞ」

「わっ、すみません。運びます」

ぼくの言葉に、永谷氏はそっけなく答えた。

「ここまで来たら同じだ」

花柚さんがこっち、と中央の作業台を指し示す。

番重を置き、永谷氏は花柚さんに向き直った。

「メールを読んだ」

「ええ」

「先生は快くお引き受けくださった。弁当の効果が大きかったと思う。ご夫妻ともにたいそう喜ばれていた。ありがとう」

花柚さんは微笑んだ。

「おめでとうございます」

「これはひとまずの礼だ」

永谷氏が腕に提げていた紙袋から、包みを出して渡した。プリントされた文字を見て、花柚さんが顔を輝かせる。

「このお店……いちご大福ね！　わあ、うれしい」

そして、沈黙。

十分以上会話しているのを見たことがない、という美津彦さんの話は本当だったらしい。ふたりとも、ちょっと困った顔をしていた。仕事を離れてふたりになると、会話が続かないのだ。

洗い物はぼくの仕事だった。漆器は手入れが少し面倒で、漬け置きもできないし、水滴の跡が残らないように乾き切る前に拭かなければいけない。

だから早く片付けた方がいいのだけど、沈黙を破る度胸はなかった。

花柚さんが小花柄の割烹着のポケットを引っ張りながら、口を開いた。

「いま晩ごはん作ってるんだけど……食べていく？」

「いや、残業なんだ。庁舎に戻らないと」

「そう……」

「……」

「……」

「花柚」

「はい」

「俺が出入りすると、縁談に差し障りが出るか？」

「いいえ、差し障りが出るほど話が進んでいないし……」

「……」

「それに、男の人の出入りで差し障りが出るとしても、もう美津くんが入り浸ってるから手遅れ」

「そうだな。ひとり増えてもあまり変わらないな」

「ええ、来てくれたらうれしいわ。彗くんも美津くんもいつもいてくれるわけじゃないし……女ひとりだとちょっと怖いときもあるの」

……あれ、これ、ぼく邪魔じゃないか？

気がついて、エプロンのポケットを叩きながらのれんをかき分けて厨房を出た。カウンターに忘れ物をした、という設定。

「……今回は注文以上のことをしてもらった。府庁からは何も出せないが、俺個人から礼はさせてほしい。何かほしいものがあれば」

「いま、いちご大福をいただいたわ」

「それ以外に」

「えーっと……そうね、男手が必要なときにお手伝いをしてもらおうかしら……」

気を利かせたにも関わらず、ぼくが背中で会話を聞いているうちに、永谷氏は早々に厨房から出てきてしまった。間が持たなかったのだ。

戸口のところまで来て、永谷氏は振り向き、花柚さんを見た。

「花柚」

「なあに」

「採算が取れなければ商売は続けられない。足が出るようなことは二度とするな」

「出てないわ」

即答した花柚さんに、永谷氏がいぶかしげな視線を向ける。

「本当か？」

「本当よ」

「それならいい」

永谷氏が入り口の戸を開け、薄墨に朱色を流したような夕暮れの街へ出ていく。

その後ろ姿を見送ったあと、引き戸を閉め、花柚さんが振り向いた。美津彦さんを見据えて口を開く。

「ねえ美津くん、総くんに嘘ついたわね？」

ベンチに寝転がっていた美津彦さんが眉を上げた。

「うちの経営が危ない、親類もうるさいし、店をやめさせられるかも、みたいなこと言ったんでしょう」

美津彦さんは無言で右の口の端を上げる。

「そうなんですか？」

ぼくが尋ねると、花柚さんは左頰をふくらませる。

「総くん、最初からやけにうちの利益のこと気にするからおかしいと思ってたのよ。それで今回、仕事を振ってくれたんだわ。詐欺になっちゃうじゃない！」

「まあ、いいじゃないか。大義名分がないと来られないんだから。こうして俺は五十宿五百飯の恩を清算しきったのだ」

「勝手に計算しないで！　まだ四十宿四百飯くらい残ってます！」

「おい、勘定が渋すぎるぞ！」

花柚さんは、永谷氏がいなくなった途端にいつもの調子でしゃべりはじめた。

ぼくは苦笑しながら、餃子作りに戻る。

永谷氏は美津彦さんから話を聞いて、元許嫁の店のことを心配していたのだろう。出入りの仕出し屋が食中毒を出し、これを機会に花柚さんの力になろうと思ったに違いない。

骨折りを渋っていたくせに、美津彦さんは意外におせっかいなのだった。

その晩、花柚さんのお弁当練習帖九十六巻、笹巻きのページに新しくお礼状が貼り付けられた。

永谷氏からもらったいちご大福を食べようと、包装紙を取り外すと、箱の上に一筆箋が貼られていたのだ。

格調高い金泥の罫線に沿って、惚れ惚れするような美しい字が並んでいた。

このたびは御多用中にも関わらず、格別な御力添えをいただき、厚く御礼申し上げます。御心尽くしの品々、紫香御夫妻の御喜び殊に深く、御陰様で我々の御願いをお聞き届け頂けることになりました。
御礼のしるしに心ばかりの品をお贈り申し上げます。御笑納いただければ幸いです。
四月六日
永谷総一郎
時岡花柚様

普段の尊大な態度に反して、手紙の文面が謙虚で礼儀正しいのは子ども時代と同じのようだった。

永谷氏は手紙よりもまず、花柚さんと直接会話することを優先した方がいいんじゃないかと思うけど……花柚さんは練習帖に貼った手紙を何回も眺めていたので、きっとそれでいいのだろう。

# 3．虹《にじ》始《はじめて》見《あらわる》、
# 飾り切りと青菜のおひたし

いちご、レモン、ブルーハワイ。

夏祭りや花火の日、屋台でよく見かけるかき氷のシロップは色とりどりだ。

「あれは色と香料が違うだけで、実は全部同じ味なんですよ。知ってました？」

テレビで仕入れたネタを、翌朝、花柚さんにさっそく披露したけれど、あっさりうなずかれてしまった。

「昔、先生に教えていただいたことがあるわ。逆に、味がついていても色や匂いが同じだと区別がつかないそうよ」

得意げなぼくの鼻をへし折り、花柚さんは棚からお弁当練習帖第三巻を取りだしてページをめくった。

「つまり、お料理のおいしさって、味覚だけで純粋に判断してるわけじゃないのよね。特に和食は『目で味わう』って言われるくらい、視覚重視。まずは見た目がきれいじゃなくちゃね」

花柚さんが見せたページは「お料理のもりつけ方」と題されたページだった。

・深い器に入れるときは、山形にもりつける。
・たいらなお皿にならべるときは上から見て三角形になるようにおく。
・たくさん入れるとおいしそうに見えない。お料理は器の七割ていど。

花柚画伯のひどい絵とともに盛りつけの注意書きが書かれていて、その最後に鉛筆の文字でこう記してあった。

・かきごおりのシロップはみんな同じ味。しょっく！
↓赤色といちごのにおいで、いちご味だとさっかくする。
お料理は見た目がだいじ。いくら味がよくても、見た目が悪いとおいしさも半分。

小学四年生の花柚さんも「しょっく！」だったらしい。確かに「ブルーハワイ」って何の味だよ、と思ってはいたけど、まさか「いちご」と同じ味だとは思わなかった。
青いシロップはなんとなくさわやかで、すうっと熱が引いていくような清涼感を得られるような気になっていた。色のイメージによる勝手な思いこみだったわけだ。

実際、食事のときにいちばん働いている感覚は、味覚ではなく視覚、らしい。できたての温度とおいしさが失われているという点で、お弁当はハンデを背負っている。だから余計に、お弁当は見た目を美しくするよう心がけるべきである、というのが花柚さんの先生の言いたかったことらしかった。

「お弁当には、赤・黄・緑のシグナルカラーを入れる」というのはぼくも花柚さんから聞かされていたコツだけど、理想はそれに白・黒を合わせた五色。

花柚さんのノートには、具体的な食材がメモされている。

赤：トマト、にんじん、パプリカ（赤）、肉、魚
黄：卵、パプリカ（黄）、かぼちゃ、油あげ、とうもろこし、レモン
緑：ほうれん草、ピーマン、レタス、きゅうり、ブロッコリー、大葉、アスパラ
黒：のり、ひじき、わかめ、ごぼう、胡麻、こんにゃく、きのこ
白：ごはん、パン、はんぺん、大根、じゃがいも、とうふ、なす、カリフラワー

弁当箱の中に色がたくさんあった方がおいしそうに見えるというのは、まあ、店で毎日の弁当を見ている実体験から納得できる。

ただ、ちどり亭の弁当は、お金と引き換えになること前提で作っている「商品」なのだ。

家族のためだけに、毎日彩り豊かな弁当を作っている人は、途方もないエネルギーをそこに費やしているんじゃないだろうか。

栄養バランス、傷みやすさ、味付け。それらを考えて、予算範囲内で食材を買ってきて、保存して、限られた時間内で調理して。弁当というのはとにかく制約が多くて面倒なのだ。そのうえ見た目も美しく、なんて求められるものが多すぎる。

しかも、そこに代償はない。

何度も何度も、誰かのために無償で、繰り返し弁当を作る。その原動力を、ぼくはまだ知らない。

店の日めくりカレンダーによると、七十二候「玄鳥至」の次は「鴻雁北《こうがんかえる》」。

冬の間、南の国に行っていた燕がやって来たかと思ったら、それと入れ替わるように今度は冬を日本で過ごしていた雁が北へ帰っていくのだそうだ。「北」と書いて

「かえる」と読むのが面白い。

ぼくは二回生になり、しばらくはまじめに大学に通った。

春期と秋期の始まりにあたる四月と十月は、キャンパスに人があふれている。学期の初めは、普段サボっている人たちも履修登録をしたり、「サボってもいいコマなのかどうか」を見極めたりするために出てくるのだろう。

ほとんど毎日ちどり亭に詰めていた春休みとは異なり、大学が始まってからの平日は、基本的に朝八時半まで。夕方に仕込みの手伝いのために戻ってきて、授業のない水曜日だけは朝から夕方までずっと店にいる。

仕込みのために大学から戻ってきたその日、ぼくと美津彦さんは夕食に呼ばれた。仕事帰りに永谷氏が店に来るのだという。永谷氏が先日の会議弁当のお礼をしてくれるというので、花柚さんは彼に手伝いを頼んだのだ。

「今週末、桜狩りをしましょう」

応接スペースのテーブルを二つくっつけた食卓を囲み、花柚さんは言った。

今日の彼女は、霞の柄の入った淡い色合いの着物に、青い花模様の帯を締めていた。

夕食のメインは、たらの芽と空豆、菜の花の天ぷら。

きれいな緑に、桜海老のピンクが混じっている。衣は香ばしく、たらの芽と菜の花の苦味がいいアクセントになっていた。

「桜の花の塩漬けは、いつもうちの八重桜で作ってるの。数日中に咲きはじめると思うから、その作業を手伝ってね」

桜狩りというのは花見のことらしいのだけど、花柚さんの「桜狩り」は言葉どおりに「桜を狩る」。りんご狩りとかいちご狩りと同じ感覚だ。

「ついでにお花見もしましょうよ。彗くん、菜月ちゃんも誘ったら？」

「来ますかね……『花見』はまだNGワードじゃないかって思うんですけど……」

「そんなこと言ったら、一生花見嫌いになっちゃうじゃない。もちろん菜月ちゃんが嫌だって言うなら無理にとは言わないけど、彗くんが必要以上に気を遣う必要ないわよ。彗くんは彗くんで、勝手にすればいいの。来るか来ないか、選ぶのは菜月ちゃんなんだから」

美津彦さんか花柚さんが事情を話したのかもしれないし、単純に興味がないのかもしれないけど、永谷氏は口を挟むことなく黙々と花柚さんの揚げた天ぷらを食べた。

所作がいちいち美しくて、さすがお坊ちゃまだと思わせる。

この元婚約者の人の好物だからという理由で、花柚さんは今日、たらの芽を使ったのだ。初めて食べたたらの芽の天ぷらは、もっちりとした食感で、少し苦い大人の味だった。藻塩ともよく合った。

「来週日曜日は、わたし、お見合いなの。土曜日はどうかしら。仕出しの予約が入っているから、そのあと、十一時くらいに。美津くんは暇よね」

花柚さんの言葉に、美津彦さんが鼻白む。

「決めつけるな」

「暇でしょ？」

「暇だ」

腹立たしげに美津彦さんが答え、ぼくは付け足した。

「おれも大丈夫です。仕出しの器、回収はなかったですよね、その日」

「ええ、自宅の器に移し替えるからって、使い捨て容器をご希望だったわ。総くんはどう？」

「悪いが、その日は見合いだ。兵庫まで行くから一日つぶれる」

淡々と永谷氏が答える。花柚さんはあからさまに機嫌を悪くした。

「花が落ちちゃうわ！」

「お前も見合いだろ。勝手なことを言うな」

眉を寄せて永谷氏が言い、花柚さんは左頰をふくらませて黙った。

美津彦さんが眉を上げて口を開く。

「花柚、お前、まだ見合いするのか。プロポーズされたばかりじゃないか」

美津彦さんの言葉に、花柚さんはうふふと笑って顔をほころばせた。

永谷氏に向かって美津彦さんが説明する。

「趣味の悪い男もいるものだ。一昨日、花柚は初対面の男に見初められて、突然結婚を申しこまれたのだ」

「おおげさよー」

永谷氏は無言で吸い物に口をつけていた。

「俺には関係ない」とばかりに無関心オーラを発している。露骨すぎて、はたから見ているぼくの方がはらはらした。

彼の態度にはお構いなしに、美津彦さんが花柚さんに向かって言いつのる。

「見合いなんかやめて、あの男と結婚すればいい。今までの超絶モテない人生を忘れたか？　そりゃあ、ちょいと時間はかかるが、お前はえり好みできる立場じゃないんだぞ。何をためらってる」

花柚さんがだんだん不機嫌になり、美津彦さんは眉を寄せてのけぞった。

「……まさか、お前、俺をあてにしてるんじゃないだろうな。勘弁してくれ」

「美津くんなんかお婿にもらったら、一年でうちの身代がつぶれるわよ!!」

花柚さんが怒りだし、美津彦さんは声を立てて笑った。ぼくもこらえきれずに笑ってしまい、花柚さんににらまれた。

「それより、桜狩りの日程よ。彗くんは日曜も空いてるの?」

ぷんぷん怒りながら言って、花柚さんが話を戻した。

美津彦さんの失礼なもの言いはいつものことだった。花柚さんの不機嫌の理由は、美津彦さんの発言じゃなくて永谷氏の無関心だったに違いない。

おかげで美津彦さんの悪ふざけは、オチが明かされないままだったのだ。


花柚さんはお見合いを日曜日から土曜日に変更してもらえないか先方に打診すると言い、永谷氏が泰山先生のその後について話をした。泰山先生は、意外なことに府のPR事業に乗り気らしい。陣頭指揮をとらんばかりの勢いなのだという。

食事も終わりがけという頃になって、永谷氏が改まった口調で言いだした。

「美津彦、ここに入り浸るのは今日限りにしろ」

美津彦さんが眉を上げる。

「なんだ、藪《やぶ》から棒に」

「彗太はバイトだから仕方ないが、俺とお前はダメだ。結婚前の女の店に男が出入りしているとなれば、花柚の縁談に差し支える。花柚、お前も求婚されたのなら、なおさら身を慎むべきだ」

至極まじめな口調で言った永谷氏に、花柚さんが慌てた。

「さっきの話ね？　ちがうのよ総くん、あれは美津くんが悪ふざけしただけで、まじめな話じゃないのよ。結婚なんて相手も本気で言ってないわ」

「どういう了見なんだ、そいつは！　蒔岡の家の今後がかかってるんだぞ、本気じゃないって馬鹿にしてるのか！」

永谷氏が怒りだす。

無関心を装いながらも、しっかり気にしていたらしい。

この人、その話が出てから一時間、「プロポーズしてきた男」についてずっと考えてたんだろうなあ……と思うと、ぼくの方がむずむずしてしまう。

花柚さんがひどく申し訳なさそうに、もじもじしながら言った。

「……だって小学二年生の男の子だもの」

ぼくは吹きだすのをこらえるのに必死で、美津彦さんに至っては遠慮なくベンチの上にひっくり返って笑い転げていた。

眉をつり上げた永谷氏に無言で胸倉をつかまれ、美津彦さんが叫ぶ。

「嘘は言ってない！」

まあ、嘘は言ってないけど、ひっかける気満々だったよね。美津彦さんは永谷氏に怒られたくて仕方ないんだと思う。

「おれの新しい先生の名前、教えてやろうか？」

「なあに？」

「小《こ》林《ばやし》先生」

「へえ～。男の先生？　女の先生？」

「女の先生。おれ、保育園のときからずーっと女の先生。小林先生、けっこう美人」

「よかったわねえ」

「でも、花柚の方が可愛い」

「えー本当？　うれしいわあ」

厨房で花柚さんと「プロポーズの男」・ゆうやが話している。

ぼくが販売スペースから厨房に行ったときには、花柚さんは作業台で仕込みを、ゆうやは作業台でノートを広げて宿題をしていた。

大人用の丸椅子では作業台が高くなりすぎるので、ゆうやは椅子の上に座布団を重ねて座っている。

小学生と接する機会がないから、ぼくには小学二年生の標準サイズがわからない。でも、その歳にしてはちょっと体が小さいんじゃないかと思えるほど、ゆうやは華奢だ。脱いだトレーナーを腰に巻き、長袖のTシャツに半ズボンを身に着けている。

「おい彗太」

ぼくが足元の戸棚を開けて箸袋の入ったダンボール箱を探していると、椅子の上からゆうやが声をかけてくる。

「彗太くん。呼び捨てにすんなよ」

棚の中に顔を突っこんだまたしなめたけれど、小学生はぼくの注意などまったく聞いてない。

「彗太、お前、逆上がりできるか？　おれ、もうできるぞ」

「いや、おれだってできるし」

おとなげなく張り合い、ダンボールを取り出して立ち上がろうとしたら、「どーん」と言いながら、椅子を降りたゆうやが背中に飛びついてきた。

「あー、なんか背中にとまった。ハエかな」

言いながらそのまま立ち上がると、びっくりするほど軽い。

「ハエじゃない！」

抗議しながらも、ぼくの首につかまって、ゆうやはきゃっきゃと喜んでいる。放っておくと自分の首が締まるので、ぼくは左腕でダンボール箱を抱え、右手でゆうやの脚を支えて歩く。

「なんだ、すっかり子守が板についてきたな」

販売スペースに戻ってゆうやを下ろすと、ベンチでいつものように本を読んでいた美津彦さんが顔を上げた。

ゆうやはさっとぼくの背後に身を隠す。なぜか美津彦さんには寄っていかないのだ。

「お？　なんだ、ちびっ子は挨拶もしないのか？　うん？」

美津彦さんが顔をのぞきこもうとすると、ゆうやが素早く逃げ、ふたりしてぼくの周りをぐるぐる回っている。

美津彦さんは、店に来るお客さんの子どもにはまったく見向きもしないくせに、ゆうやにはやけに絡む。それもゆうやが彼を避けているからで、彼は人の嫌がることが大好きなのだ。

ふたりの輪から抜けだし、ぼくがダンボールの中身をテーブルに並べはじめると、再び背中に乗ってきたゆうやが尋ねる。

「何すんの？」

「これ、箸入れる袋。真っ白だろ。これに、このスタンプ押すの。店の名前と住所が書いてある」

「おれもやる」

「宿題終わってからな」

「終わった」

「嘘つくな。そこでやっていいから、宿題持ってこいよ」

ゆうやを厨房から引き離す目的もあって、ぼくはそう言った。

「わかった」

言いながら、ゆうやがぼくの背中から下り、厨房へ走っていく。宿題と手提げバッグを持って小走りに戻ってくると、テーブルの向かい側に陣取って、ノートを広げる。

ゆうやが店に出入りするようになってもうすぐ一週間。

花柚さんは、ゆうやの前ですぐ食べられる状態のものを作らないように、かなり慎重に作業を選んでいた。

もちろん名前は知らなかったけれど、ゆうやの存在自体には半年くらい前から気づいていた。

京都市の中心部は、とにかく道が狭い。かえって危ないという理由で、このあたりの小学校は集団登校をしないらしく、毎朝七時半を過ぎると、ランドセルを背負った小学生が何人か店の前を通りすぎる。そのうちのひとりがよく、店の立看板にしているボードを眺めていた。ボードには、「本日のお弁当」として、弁当の写真とその内容を書いた紙が貼ってある。

一週間前、たまたま客足が途絶えたときにゆうやが現れて、ぼくは声をかけた。

詳細は覚えてないけど、「おはよう」とか「どこの小学校？」とか、そんな感じのことを言ったのだと思う。

ゆうやはボードを指さした。

「これ何？　とき、あめ、……？」

「時雨煮《しぐれに》」という漢字が読めなかったのだ。

「『しぐれに』。これのことだよ」

写真に写った牛肉とごぼうの佃煮を指さして教えると、ゆうやはさらに尋ねた。

「これ、お前が作ってるのか？」

口の利き方を知らねえガキだな、とムッとしつつも、仕事中なのでにこやかに答えた。

「ごはんはお兄さんが、おかずは中にいるお姉さんが作ってるよ」

すると、ちょうど花柚さんが表に出てきた。

呼んだのに声が届かず、ぼくが返事をしないので、様子を見に来たらしい。

花柚さんからの挨拶にぎこちなく答えたあと、ゆうやは再び弁当の写真を指さして尋ねた。

「これ、作ってるのか？　この花」

その写真の弁当には、薄焼き卵とにんじんでそれぞれに作った花飾りが入っていた。

「そうよ。朝、早起きしてね」

「どうやって？」

「見たい？」

「うん」

「学校から帰ってきてから……そうね、三時から五時までの間だったらお店に見に来てもいいわよう。ちゃんとおうちの人に言ってから来てね」

花柚さんは子どもが料理に興味を持った様子なのがうれしかったらしい。

その日のうちに、ゆうやはやって来た。

ものめずらしそうに厨房の中を見回して、花柚さんが卵焼きで花飾りを作るのを見ていた。

長方形に焼いた薄焼き卵を細長い二つ折りにして、折り目の方から垂直に細く切り込みを入れていく。それを端から巻いていくと、菊の花のようになる。

切り込みを入れずに、薄く焼いた卵をひたすらに巻いていくと、薔薇《ばら》の花のようになる。

ゆでたインゲンを斜めに切って添えれば、葉っぱのようになってさらにそれらしくなるし、卵液にちょっとだけ片栗粉を混ぜておくと、薄焼き卵が破れにくくなって細工がしやすい。薄焼き卵をむらなくきれいな黄色にしたいときは、溶き卵を笊《ざる》でこしてから焼く。

花見弁当に入れると特に喜ばれるので、春にはよくこの花飾りを作っていた。味付けをしたり焼いたりするのは花柚さんだけど、この飾り切りはぼくもたまに手伝うことがあったので、作り方はすっかり覚えていた。ちょっと面倒ではあるけれど、見た目から受ける印象よりは簡単だ。

ゆうやは背伸びをするようにして作業台をのぞきこんでいた。目を輝かせて花柚さんの手つきを見ている。

「ゆうくんは、何か食べられないもの、ある？」

輪切りにんじんに包丁を入れ、「ねじり梅」を作りながら花柚さんが尋ねると、ゆうやは少しだけ躊躇《ちゆうちよ》するような素振りを見せた。

「……ない」

「そう」

花柚さんはあっさりと受け流し、休憩にしましょうと言った。

ゆうやは家から持ってきたという水筒のお茶とクッキーを飲み食いしながら、自分のことをあれこれ話した。

近所の小学校に通っていること。お母さんが働いていて、学校が終わると「がくどう」（たぶん学童保育のことだろう）に行くか、学校に戻って友だちと遊ぶが、「ばあちゃん」が家にいるときは、家でテレビを見ること。算数は好きだけど、国語はあまり好きじゃないこと。ドッジボールが得意だということ。

しもぶくれ気味のふくふくした頬と、産毛と大きな目、舌足らずな話し方。

大学の講義で、「ベビースキーマ」の話を聞いたことがある。動物の赤ちゃんは、見たものに「可愛い」と思わせる身体的特徴を備えている、という話だ。非力な赤ちゃんが外見で悪意を避けているというのだ。

それをちょっと思いだした。特別に可愛らしい顔をしているというわけではないんだけど、見ていると胸を締めつけられるような感じがした。

「あしたも来ていいか？」

ちょっと顔色をうかがうような調子で、ゆうやは花柚さんに尋ねた。

説明はしていないけど、この店で決定権を持っているのはぼくではなく花柚さんだと、子どもながらに察したのだろう。

「三時よりあとだったらいいわよ。おうちの人にちゃんと言ってね」

「……花柚はごはん作るの好き？」

「ええ、好きよう」

「ケッコンしてる？」

「まだ」

「おれ、大きくなったら花柚とケッコンしてもいいよ」

花柚さんは喜色満面。

「わあ、うれしい！　わたし、男の子にそんなこと言ってもらったの初めて！」

ぼくは思わず目頭を押さえ、あとから花柚さんにどつかれた。


それからゆうやは、学童保育に行くことになっている月曜日と友だちとの遊びの約束が入った日以外、平日はほぼ毎日ちどり亭にやって来た。

週に一回の料理教室にやって来た菜月にも会い、「おれ、大きくなったら菜月とケッコンしてもいいよ」と言いだして「誰にでも言うのね！」と花柚さんをいじけさせた。

花柚さんが作っている料理を見て、食べたい、とゆうやは遠回しに言うのだが、花柚さんは「夕ごはんが食べられなくなるからダメ」と毎回言った。

花柚さんは振る舞い好きな人で、美津彦さんやぼくによく夕ごはんをごちそうしてくれるし、菜月が来るときにはお菓子を用意して待っている。

でもゆうやには一口も食べさせなかったし、彼がいるときには他の人に対しても飲み物しか出さなかった。ぼくと菜月にも、彼に不用意に食べ物を与えないようにと注意していた。そして、ゆうやが食べたいと言いださないように、仕込みも、すぐに食べられる段階までは進めなかった。

「夕ごはんが食べられなくなるからダメ」という理由はわかったけれど、それにしては態度が徹底しすぎている気がした。

「花柚、はさみ」

「花柚さん、はさみを取ってください」

「もうやだ、できない」

「やり方を教えてください」

ゆうやがきゅっとくちびるを引き締めて折り紙をテーブルの上に置き、ぼくの背中に隠れた。

かと思うと、ちらちらっと顔を出して隣のテーブルをうかがう。

隣のテーブルで美津彦さんと向かい合ってコーヒーを飲んでいた永谷氏は、いつもの仏頂面で傲然《ごうぜん》とゆうやの視線を受け止めている。

「お前、しつこいな」

美津彦さんがあきれたように言い、永谷氏は憤然と答えた。

「しつこいとかいう問題じゃない」

永谷氏は美津彦さんと違い、用件がないと店に来ないのだが、今日は花柚さんの好きないちご大福を届けに来た。家に到来品がたくさんあるが食べきれない、というのがその理由だ。五人家族のうち、甘いものを食べるのがお母さんだけなので、いつも余るのだという。

花柚さんに引き止められてコーヒーを飲んでいた彼は、ゆうやが礼儀知らずな言葉づかいでものを言うたびに、全部言い直した。

ぼくも最初、ゆうやのこの口の利き方にはちょっとイラッとしたし、最初は言い直していたのだが、そのうち何も言わなくなってしまっていた。

子どものしつけは根競《こんくら》べだというのがよくわかった。一度言って直してくればいいのだが、そう簡単にはいかない。何度言っても聞かないと、家族でもないぼくはすぐにどうでもよくなってしまったのだ。

その点、永谷氏の粘り強さはすごくて、最後はゆうやの方が根負けして、疲れたような口調で「はさみ取ってください……」と言い直していた。

ゆうやは美津彦さんのことも最初から苦手なようだったが、永谷氏のことはもっと苦手らしく、二メートル以内には近づこうとしなかった。永谷氏は初対面のときからゆうやを見下ろしていて、目線を合わせようとか、子どもの機嫌を取ろうとかいう意識がみじんも感じられないのだ。

「ゆうくん、お兄さんは意地悪で言ってるんじゃないのよ」

お花の卵焼きの練習、と言いながら、ゆうやと一緒に折り紙で花飾りを作っていた花柚さんが言った。

「大きくなってもちゃんとしたお話のし方ができないと、ゆうくんが恥ずかしい思いをするし、ゆうくんのお母様も恥ずかしい気持ちになっちゃうからよ」

花柚さんは、人前で必ず永谷氏のことを立てるのだ。

「……ママも恥ずかしいの？」

「そう。ママが悲しい気持ちになったら嫌でしょう？」

ゆうやはこくんとうなずいたきり、ぼくの脇腹に顔をうずめて黙っていた。

小学二年生の説明は要領を得ず、家の事情はよくわからないのだが、どうやら彼には父親がいないようだった。

はっきりは言わないのだが、家族の話になると、たいてい母親と「ばあちゃん」のことしか出てこない。

美津彦さんを最初から避けていたのも大人の男性に慣れていないからではないか、というのが花柚さんの推理だった。その理屈でいくと、ぼくは「大人の男性」にカウントされていないわけで、複雑なんだけど……。

ゆうやの母親に対して、ぼくは少々、不安を抱いていた。

ゆうやと話していると、「知らない」「行ったことがない」「食べたことがない」という反応が多すぎる上、どうも放置されているような印象を受けるのだ。これだけ頻繁に息子が出入りしているのに、挨拶も何もないのもちょっと不思議だった。

ゆうや自身に不潔なところは感じられないし、身なりもきちんとしている。毎回おやつと水筒を持ってきているところからしても、ネグレクトではないと思うのだが

……こんなこともあった。

菜月が料理教室に来ていた日、ＳＮＳに上げた料理の写真をゆうやに見せて、あれも作った、これも作れる、という話を菜月と一緒にしていたのだが、ゆうやがほうれん草のおひたしを指さして言ったのだ。

「醤油の味するやつだろ。おれのママも作れるよ。いつもお弁当に入ってる。でもこ

れ、きらい。たまにすっぱいもん」

ぼくと菜月は顔を見合わせた。

他の野菜と間違えているのでなければ、そのほうれん草のおひたしは傷んでいるんじゃないだろうか……。


花柚さんは、見合いの前には必ず相手の職業についての本を読む。

「だって、普段会えないご職業の方なら、この機会にいろいろお聞きしたいじゃない。予習しなきゃ質問もできないわ」

というのが彼女の説明だけど、そうして得た知識や人脈は、結婚とはまったく別の場面で活用されている。

今度の見合い相手は、栄養学の先生なのか、同じ料理人なのか、それとも医者なのか。花柚さんはこのところずっと食品の栄養や免疫に関する本を読んでいた。

その日の夕方も、花柚さんは厨房の作業台で本を読んでいて、ぼくは花柚さんのお弁当練習帖を見ながら、北向きの調理台で自習していた。

突然、裏口のドアが開いてゆうやが顔を出す。

「お前なあ、ノックくらいしろよ」

言いながら厨房に入れてやると、ゆうやは店の方をうかがうようなそぶりを見せて、小声で訊いた。

「今日はいないのか、あのおじさん、眼鏡の」

「おじさん……」

永谷氏が聞いたら怒りだしそうだが、つい笑ってしまう。

「おじさんじゃなくてお兄さん」

花柚さんが本を閉じ、笑みを含んだ声で答えた。

「今日はもうひとりのお兄さんもいないわよ」

美津彦さんはめずらしく大学に行っているらしい。

「ふうん……」

どうでもいいようなそぶりで返事をしながらも、ゆうやは安心したようだった。

手慣れた様子で、厨房の隅から丸椅子を引っ張ってきてよじ登り、作業台の上に宿題らしきドリルを広げる。

「もうすぐ遠足ある」

「へー。どこ行くんだ？」

「京都タワーと梅小路《うめこうじ》公園。おれ、京都タワー行くのはじめて」

京都タワーって、地元の小学生が遠足で行くような場所なのか……。

「わたしは幼稚園のとき、遠足で行ったわよう。みんなで地下鉄に乗って行ったの」

「おれも地下鉄で行く。弁当持って……」

少し迷ったようにゆうやは言いよどんだ。

「よっちゃんの弁当、いつもすごいんだぞ。文化祭のとき、××の弁当だった。ちゃんとごはんが赤かったし、顔もかいてある。のりで字もかいてあった。いろんな色のおかずがぎゅーってつまってて」

子どもは、説明もなしに固有名詞を使うので困る。「よっちゃん」が全人類の知人であるかのような口ぶりだ。××はよく聞き取れなかったけど、キャラクターの名前のようだった。

「キャラ弁ね。テレビで見たことあるけど、ものすごく凝ってるのよねえ」

ゆうやと向かい合い、花柚さんはいつもどおりにおっとりと返した。

「みいこの弁当はサンドイッチがネコの顔の形だった。この前花柚が作ってたみたいな花がいっぱい。リボンとか、花とか、家とか」

「女の子らしいお弁当なのね」

「花柚と彗太はお弁当作って売ってるんだろ？　おれのも作って」

急いで言ってしまおう、という気持ちが、その早口ににじみでていた。

ぼくと花柚さんがそれぞれにゆうやの顔を見ると、彼はものすごくばつが悪そうな顔で、うつむいた。

「おれのママ、いそがしいから。料理もあんまりじょうずじゃない。弁当も、なんかはずかしいから、おれ、遠足とか運動会とか、弁当の日いやだもん」

最後の方は泣きかけていた。

胸を突かれてしまった。

毎朝五時に起きてごはんを炊き、それなりに自炊もするようになったぼくは、弁当一つ作るのに手間と時間がかかるのを体験的に知っている。品数の多い豪華な弁当じゃなくても、夕食の残りを詰めただけにしても、手間は手間だ。

作ってもらえるだけありがたい、のだ。だって、今は五百円出すだけで、それなりの弁当があちこちで買えてしまう。栄養や安全性を考えなければ、二百円で買えてしまうことだってある。外注すれば簡単に手に入るものを、わざわざ作ってもらえるなんてすごいことだ。

だけどそれは、今だから言えることだった。

そんな理屈、子どもの世界には通用しない。

ふいに思いだす。遠足の日、弁当を隠すように食べていたクラスメイトのこと。自分がそれとなく、他の子の弁当をのぞいていたこと。

その感覚を当時は言語化できなかったけれど、それでもなんとなくは感じていた。

学校に持ってくる弁当は、家庭そのものなのだ。家族にどれだけ手をかけてもらっているか、愛されているか、それが人に見える形であらわれる。

母親の手が存分にかかった弁当が次々に披露される中で、そうでない弁当を開くのは小学二年生の男の子にとってみじめなことに違いなかった。

「ゆうくん」

立ち上がり、ゆうやのもとへ歩み寄った花柚さんが、かたわらに身をかがめた。視線を合わせて口を開く。

「ゆうくんにお願いされたら、わたしと彗くんは、かっこいいお弁当を作るわよ。だってわたしたち、みんなが食べたいなって思ってくれるおいしいお弁当を作るのがお仕事だもの。でも、それは、ゆうくんが安心して食べられるものじゃないわよね。だってゆうくん、何でも食べられるって言ったけど、本当は食べられないもの、いっぱいあるでしょう？」

　ゆうやが目を見開いた。

　潤みかけていた目がみるみる洪水を起こし、涙がこぼれだす。

「みんなのお弁当がうらやましいって気持ち、わかるわよ。でもね、ゆうくんのママ、ゆうくんが元気で大きくなれるように考えてると思う。食べられるものだけ使って、できるだけたくさん栄養をとって、できるだけおいしく食べられるように頑張ってると思う。だって、お弁当はいろんなお店に売ってるけど、それはゆうくんのことを考えて作ってくれたものじゃないんだもの。今、ゆうくんが安心して食べられるものを準備できるのはママだけでしょう」

　泣いているゆうやの手をにぎって、花柚さんは続けた。

「すっぱいほうれん草のおひたしも、そうよ。ほうれん草ってね、ゆでてから時間がたつとくたくたになって、あんまりおいしくなくなっちゃうの。ゆうくんのママ、しゃきしゃきしたおいしいほうれん草が食べられるように考えてくれたんだと思う。ほうれん草って、輪切りにしたレモンと一緒にゆでると茎とか葉っぱが丈夫になるの。すっぱいのは……たぶん、レモン入れすぎちゃったのよね」

　最後の方は少し笑い、花柚さんは説明した。

そうだったのか……。

罪悪感に襲われる。ぼくは、ゆうやの母親が子どもに無関心で、傷んだほうれん草を食べさせているんじゃないかと疑っていたのだ。

「もし、ゆうくんがいいなら、わたし、ゆうくんのママと相談して遠足のお弁当を考えるわ。わたしがママに聞いてみてもいいけど……どうする？」

「じ、じぶんで、ママにいう」

ひっくひっくとしゃくりあげながら、ゆうやは言った。

それがあんまりにもけなげな様子で、思わずもらい泣きしそうになってしまった。

ティッシュの箱を持って立ち上がり、ゆうやの顔を拭いてやったけど、涙はあとからあとから湧いてくる。

母親が自分のために苦労していることを、ゆうやだって理解していないわけじゃない。泣いたのは、理解しているからなのだ。

ゆうやはすっかり泣き疲れてしまったらしい。落ち着いてから宿題をやりはじめたものの、作業台に突っ伏して寝ていた。

そろそろ暗くなってきたし、泣かせてしまった件についてはちゃんと家の人に説明をしなければならないだろうということで、ぼくは花柚さんに言われて半分眠ったままのゆうやを背負って家まで送ることにした。

身元のわかるものを探して手提げの中を探ると、筆箱の中に住所と氏名、電話番号と血液型が記載されたカードが挟んであった。住所はちどり亭の東側、市役所近くのアパート。「ゆうや」は「友哉」と書くことも、このときはじめて知った。

家にはおばあさんがいた。ぼくは花柚さんに持たされたちどり亭のショップカードを渡して、簡単に事情を説明した。

ゆうやは学校に戻って友だちと遊んでいると説明していたらしく、家族は弁当屋に出入りしているなどとは考えもしなかったようだった。

「アレルギーあったんですね、あいつ。花柚さん、食べ物出さないなとは思ってたんですけど」

店に戻って花柚さんと食卓を囲み、ぼくは言った。

今日の夕食は塩豚と小松菜のパスタ、卵と春キャベツのサラダ、冷やしトマト、玉ねぎのスープ。パスタはぼくがさっき自習で作ったもの。

花柚さんは「小松菜、ゆですぎよ。それこそレモンの輪切りを入れた方がいいくらい」と言いつつもパスタをもりもり食べた。

「ゆうくん、卵と牛乳は確実にダメね。フルーツも食べられないものがありそう」

「どうしてわかったんですか？」

「『食べられないものない？』って訊いたときに、ちょっと迷ってる感じだったから、何かあるのかな？　とは思ってたのね。そのあと、持ってきてたおやつ見て確信したわ。あれ、卵と牛乳を使わずに作った、アレルギーの子用に売ってるお菓子なの。美津くんも昔アレルギー体質だったから見たことあって……。美津くんに訊いたらそうだって言ってた」

飲んでいるものがお茶なのも、ジュース類に使われている果物にアレルゲンがあるからかもしれない、と花柚さんは説明した。

花柚さんが読んでいた栄養や免疫の本は、見合いではなく、ゆうやのためのものだったのだ。

「でもあいつ、なんで、嘘ついたんですか。何でも食べられるって」
「わたしが作ってたもの見て、食べたくなっちゃったんでしょう」
「でも、食べたら自分が苦しむことになるわけじゃないですか」
「発作を起こす食べ物が、嫌いな食べ物だとは限らないわ。好きな食べ物を食べられないことだってあるの。小さい子は、食べたら発作を起こすから、って考えられるようになるまでに時間がかかるわよ。特にお菓子なんて、周りの子たちがおいしそうに食べてたら、食べたくなっちゃうんじゃないかしら。発作が起きるってわかってても」

何を食べられないのか本人が言おうとしない以上、不用意に何かを食べさせることはできない。アナフィラキシーショックを起こして死に至る可能性もあるからだ。

花柚さんが食事を出さず、食べられる状態のものもゆうやの目に入れないようにしていたのはそのためだったのだ。

ぼくが普段、何の気なしに食べているものが、人によっては「食べたら死ぬ」レベルの劇薬になってしまう。

「美津くん、今は耐性がついてたいていのものを食べられるようになったけど、小さい頃、食べられるものが少なかったのよね。卵も牛乳も大豆も小麦粉もアレルギーでダメだったし、そのうえ好き嫌いが激しくて野菜も食べたがらない。お母さまとかお手伝いさんは苦労してたと思うわ。食べられないものに入ってる栄養を、食べられるものだけ使ってカバーしなくちゃいけないんだもの」

しかも、アレルゲンを避けて別の食べ物を食べていても、連続して食べているうちに体が反応して、それがまたアレルギーのもとになってしまうこともあるのだという。

「美津くんの場合は、義理のおばあさま……わたしのお料理の先生だけど、その方が、プロの矜持で本当に根気強くやってくださったから、おかずのバリエーションも豊富だったけど、ふつうのお母さんは本当に苦労していらっしゃると思う」

しんみりと花柚さんは語った。

「じゃあ弁当なんて、ほんと大変ですよね……調理法も限られるし。おれ、卵を封じられたらかなり痛いですよ」

卵は主菜にも副菜にもなるし、組み合わせられる食材が多い。数少ない黄色の食材の一つでもある。パプリカとかかぼちゃだとか、黄色の食材は他にもあるけど、卵ほど使い回しのきく便利なものはないのだ。

もし卵を一切使わずに毎日弁当を作れと言われたら、そのうち弁当箱の間が持たなくなってしまうんじゃないかと思う。卵焼きや半分に切ったゆで卵で埋めていたスペースに、代わりに何を詰めたらいいのかわからない。

「そうよね。そういうところ、お母さんたちは情報共有してなんとかしてるんだと思うけど……ゆうくんのお母さまは働いていらっしゃるし、それも難しいのかもしれないわ。さっきゆうくんを送っていってくれた間に、ネットでキャラ弁を見てみたけど、あれは、細かい作業が好きな方じゃないとつらいわよね。使える食材が限られていたら、なおさら」

なんでも食べられるぼくは、ゆうやの気持ちを本当に理解したとは言えないのかもしれない。

生活を回す苦労だって、ひとり暮らしで多少はわかった気になっていたけど、結局、自分は生活費を稼ぐほどの必要に迫られてはいないし、自分ひとりの面倒を見ればいいだけなのだ。

毎日毎日、自分以外の誰かのために、食事を作って洗濯をして掃除をするゆうやの母親の苦労だって、きっと本当にはわかっていない。精一杯やっているつもりでも、きっと手の回らないところが出てくるだろう。それを責められることがあるに違いない。ぼくが疑いを抱いたように、外からその苦労は見えない。

それでも、ゆうやのことは可愛いと思うし、何か力になってやりたいと思った。

「美津彦さん、妙にゆうやにからんでましたよね。避けられてるのに。あれ、一応、気にかけてたんですかね。すごい嫌がられてましたけど」

ぼくが尋ねると、花柚さんは笑った。

「だと思うわ。また露悪的なこと言って絶対認めないと思うけど」

「素直じゃないですよね」

ひとしきり笑ったあと、食後のほうじ茶を淹れながら、花柚さんは言った。

「うちもアレルゲンの情報はどこかに書いておかないとね」


その晩のうちにゆうやの母親から店に電話がかかってきて、翌日の夜、彼女は菓子折りを持ってちどり亭にやって来た。

歳は三十前半くらい。長い黒髪を束ね、ブラウスにカーディガン、膝丈のスカートという清楚な印象の服を身に着けていた。大きな目がゆうやとよく似ていた。小学二年生の母親としては若い方だと思うけれど、どことなく疲れたような雰囲気があった。

ゆうやはずっと、ちどり亭に出入りしていることを隠していて、母親や祖母には、学校に戻って友だちと遊んでいたと説明していたらしい。

息子を預かってくれていたお礼、そして挨拶に来なかったお詫《わ》びを述べたあとで、ゆうやママは言った。

「本当のことを言ったら、行くのを禁止されると考えたんだと思います。もし飲食店だと聞いてたら、やっぱり私、頭ごなしにダメだと言ってました。もし友哉が発作を起こしたら、急に会社を早退しなきゃいけなくなって他の人に迷惑がかかる。子どもがいると、ただでさえ突発的な休みや早退が多くなるから、そのうち会社にいられなくなるんじゃないか……。そう思って、トラブルが起こりそうなことはとにかく禁止してたんです」

店に現れたときから彼女には張り詰めたような雰囲気があった。まだ若くて美人で、人生を謳歌しててもおかしくないのに、悲壮感が漂っていて、痛々しかった。

ぼくが笑い話をするつもりで、ゆうやが花柚さんにも菜月にも「ケッコンする」と言って堂々とフタマタをかけたことを話すと、ゆうやママの目が潤みはじめ、彼女はわっと泣きだした。

「わたし、わたし、料理が得意じゃなくて、夫と別居してフルで働きはじめたら、ますます気力がなくなって、友哉が『これ、おいしくない』って言うたび、『大きくなったらお料理が好きなお嫁さんをもらいなさいよ。そしたらおいしいごはんが食べられるわよ』って言ってたんです。もちろん怒ってなくて冗談だったんですけど、」

いや、それも笑い話では……？

そう思ったけど、ゆうやママはどんどん気持ちが高ぶってきたらしく、自分よりひと回りくらい年下であろう花柚さんとぼくに泣きながら話しだした。

夫が離職してから息子に手を上げるようになったこと。夫が落ち着くまではと別居することにしたが、戸籍上はふた親がそろっている上に夫が無職なので、受け入れてくれる保育園を探すのもひと苦労だったこと。自分の母親も歳で行動におぼつかないところがあるので、ゆうやの食事を任せるのが不安なこと。小学校はアレルギー対応の給食を出してくれるが、すべてのアレルゲンを除去できるわけではないこと。息子のために料理のスキルアップをする気力も体力もない自分に、嫌気がさしていること。

気楽な大学生であるぼくに何かを言えるはずもない。ぼくは神妙な顔で相槌《あいづち》を打つほかなく、花柚さんももらい泣きしているばかりだった。

最後に、ゆうやママはハンカチで涙を拭きながら言った。

「遠足には、ちょっとでも華やかなお弁当を持たせてあげたいです。わたしにも作れるメニューを教えてもらえますか」

「ええ、ええ、もちろんです」

花柚さんがそう答えて、練習の日取りを決めた。

花柚さんはすでにメニューを考えていたらしく、お弁当練習帖の新しいページを見せて、アレルゲンの確認をしながら買い揃えてもらう材料を伝えた。

ゆうやママにとっての収穫は、その約束だけだったんじゃないだろうか。役に立つアドバイスなんか一つもできなかったし……。

彼女が帰ってからそう言うと、花柚さんはけろりとした顔で答えた。

「小娘と若造にそんな人生のアドバイスなんか求めてないわよ。これは、わたしの先生の受け売りだけど、世の中の大半の『相談』が求めてるのは、解決策じゃなくて共感。わたしたちは自分たちにできることをすればいいの」

いつもののんびりした口調で、意外にクールなことを言う。

でも、確かにそうなのかもしれなかった。ぼくたちふたりは「ええ、ええ」「そうなんですか」「それはおつらいですね」を繰り返していただけなのに、帰っていくゆうやママの顔はちょっとだけすっきりしたように見えたのだ。

赤から緑へグラデーションを作る、八重桜の細い茎。

がくから二センチくらいのところを切り落とすと、濃いピンクの花はふわりとボウルの中に落ちた。銀色のボウルの中は、桜の花でいっぱいになっている。

「桜って、がくも赤いんだな」

脚立を下りて、近くにやって来た菜月に渡すと、菜月は日の光に目を細めた。

「樹皮も煮出すとピンク色なんだよ。染色家の人がそう書いてたの、読んだことある」

ボウルを受け取った菜月が、水道で花を洗っている花柚さんのもとへ跳ねるような足取りで戻っていく。

少し離れたところでは、ゆうやが、美津彦さんの連れてきた甥《おい》っ子・姪《めい》っ子とともに、何が楽しいのかキャーキャー叫びながら大興奮で庭の中を走り回っている。

「おい、美津彦！　何してる、働け!!」

振り向くと、隣の木の下で、永谷氏がボウルを突きだして怒っていた。ボウルを運ぶ係のはずの美津彦さんは、遠く離れた草庵風茶室の縁側に寝そべっている。菜月が慌てて永谷氏のところへ駆け寄っていた。

四月中旬の日曜日。

ぼくは初めて岡崎にある花柚さんの家へやって来ていた。

ソメイヨシノの時期は過ぎ、花見の名所と言われるところはあらかた桜が散って葉桜になりかけていたけど、八重桜はまだまだ花の盛り。塩漬けを作るために桜の花を取りにきたのだ。

汗ばむほどの陽気だった。柔らかい風に吹かれて、花びらがそよいでいる。

桜は花びらが散るものだとばかり思っていたけれど、八重桜は散らない。房ごとぼとりと落ちる。それも初めて知ったことだ。

ぼくと永谷氏が切り落とした花を、花柚さんと菜月が洗い、水気を切ったあとで大量の塩とレモン汁にまぶして保存袋に詰めていく。十日くらい冷蔵庫で寝かせたあと、天日干しにして再び塩をまぶして瓶詰にするのだそうだ。

花の塩漬けがあるのは知っていたけれど、業者が特殊な方法で作るものだと思っていたので、自分で作れると花柚さんから聞いて驚いたものだ。

その場を仕切っていたのは永谷氏で、さすがは社会人と思わせる指示を出し、てきぱきと割り振りをしていた。

小学生二年生と三年生だという美津彦さんの甥っ子・姪っ子たちも、永谷氏に言いつけられたことは「ハイ」と神妙にうなずいて守っていた(美津彦さんの話によると、この姉弟は数年前に永谷氏に容赦なく叱られて以来、「総一郎を呼ぶぞ」と脅すだけでおとなしくなるくらい、彼のことが怖いらしい)。

ぼくが桜狩りに誘うと、菜月は二つ返事で行くと言った。週に一度しか花柚さんに会えないので、淋しいらしかった。丈の短い花柄のワンピースにジーンズを合わせた菜月は、水道と桜の木の間をこまめに往復してかいがいしく働いていた。

「労働のあとの酒はうまいものだ」

ひととおり作業を終えたあと、草地の上に敷いた茣蓙《ござ》に寝そべって美津彦さんが目を閉じる。

「お前がいつ労働した！　寝てただろ！」

永谷氏はずっと怒っていて、花柚さんが笑いながら桜酒の準備をする。花柚さんの家にあった漆塗りの杯に、塩抜きした桜の塩漬けを入れ、熱燗《あつかん》を注いだものだ。花筏《はないかだ》の蒔絵《まきえ》のお重だの、桜の柄が入った朱塗りの杯だの、花見専用の調度品があって、江戸時代からのものだというので呆けてしまう。

花柚さんと永谷氏に「未成年だからダメ」と言われて、ぼくと菜月は桜湯。熱燗の代わりにお湯を注ぐと、花がふわーっと開いて上に浮かんでくる風流な飲み物だ。

「さあ、お待ちかね、今日のお弁当はゆうくんのママとわたしが作った力作です」

花柚さんがお重を包んだ風呂敷を解き、漆塗りのふたを取った。

最初に目に飛びこんできたのは、明るい黄色とピンク。

ほぐし鮭といり胡麻、千切りにした大葉を混ぜたおむすびと、ひじき入りのつくねの照り焼き、ゆでた枝豆と焼いたソーセージを串刺しにしたスティック。ミニトマトとブロッコリーのサラダに、ほうれん草のおひたし、薄焼き卵の花飾り。デザートはフレンチトーストとバナナのメープルシロップがけ。

おむすびは、サーモンピンクと緑の組み合わせが華やかだ。ほうれん草のおひたしは、もちろんすっぱくないもの。しゃきしゃきしたほうれん草を食べられるようにというお母さんの工夫はそのままに、味はきちんと調整してある。

そして、以前、ゆうやが目を輝かせて見ていた黄色の花飾り。これは薄焼き卵と見せかけて、豆乳、小麦粉、ターメリックを混ぜて焼いたもの。小さく角切りにしたフレンチトーストは、牛乳の代わりに豆乳を、卵の代わりにペースト状にしたかぼちゃを使っている。パンは卵不使用のもの。

ぼくと一緒に仕出し弁当を作る作業と並行して、花柚さんは今朝、ゆうやママと一緒にこれを作っていた。

「そうですよね、卵がダメなら他の黄色い食べ物で代用すればいいんですよね、それなのに私ったら……」

ゆうやママはそう言ってまた涙ぐんでいたが、時間に追われていた花柚さんは、

「泣くのはあと、あと！　はい、かぼちゃをお鍋から上げて、フードプロセッサーでマッシュ」

といつもの柔らかい口調で、その実厳しいことを言うのだった。

値段は張るかもしれないが、代用品の加工に役立つからフードプロセッサーは買った方がいい。応用の仕方がわかるようになるだろうから、アレルギー対策のレシピ本は、一度載っているものをすべて作ってみるといい。忙しいとは思うが、地域のコミュニティでもネットのサークルでもいいから、同じようにアレルギーの子を持つママと付き合うようにした方がいい。

花柚さんはものすごい速さで仕出し弁当の調理をしながら、口調だけはのんびりとしてそう話した。

弁当を作り終えてゆうやママはそのまま帰っていったけれど、きっと家に帰ってき

たゆうやからうれしい報告が聞けるだろう。

お重の中身を見たゆうやは目を輝かせていて、本当にうれしそうに母親の作った黄色い花飾りを口にしていたのだから。


花柚さんの家は、南禅寺《なんぜんじ》近くにある。このあたりは明治政府が南禅寺から召し上げ、民間に払い下げた土地で、花柚さんの家は、もとはそこに建てられた別荘群の一つだったのだという。

敷地内に、いかにも由緒ありそうな二階建ての和風建築と洋館が建っていた。川が庭にある木立の間をゆっくりと蛇行して流れ、せせらぎが常に聞こえていた。写真で見るよりずっと広くてきれいだった。木立の緑は、東山《ひがしやま》を風景の中に組みこんで青々とした葉を広げている。

そして木立の奥には、「ちどり亭」の名前のもとになった草庵風の茶室「千鳥亭」がある。周りを取り囲む木立にたくさんの鳥が集まり、そのさえずりが聞こえてくる、ということから名づけられたということだ。

自宅に茶室が、しかも独立した建物の形で存在しているというのも驚きだったけれど、ぼくがそう言うと、美津彦さんは「うちにもあるぞ」と答え、永谷氏も「独立した形ではないが家の一部が茶室になっている」と言っていた。この人たちの世界では当たり前のことなのかもしれない。

庭が広い上に隠れるところがたくさんあるので、子どもたちにとっては絶好の遊び場らしかった。ゆうやと美津彦さんの甥っ子・姪っ子の小学生トリオは、食後も元気よく大声で騒ぎながら庭を駆け回っていた。小川に配置された飛び石で滑って川に落ちても、大笑いしている。

どうやら子どもグループに仲間のひとりとしてカウントされているらしいぼくは、「彗太も来いよ！」とゆうやに引っ張りだされていたのだが、元気すぎるちびっ子たちの無駄な体力にはついていけず、早々にリタイヤした。

「なんだか現実じゃないみたい」

莫蓙の上で膝を抱え、菜月は風に髪をそよがせていた。頭上から注ぐ木漏れ日が、菜月の服の上に点々と光を落とし、薄茶の髪の先を金色に透かしていた。

「お弁当はおいしいし、風は気持ちいいし、庭はきれいだし……誘ってくれてありがとね」

「最初に誘おうって言ったの、花柚さんだけどな」

コーラを飲みながら、ぼくは答えた。

背後で美津彦さんが横になって寝ているのだが、寝ているのでいないものとして考えてもいいだろう。つまり、ふたりきりだった。

「わたし、昔からお寺の庭とか、何がいいのか全然わかんなかったんだよね。京都住まいだから、いろんな庭見る機会があったけど。でも今日わかった気がしたよ。あれは観光でちらっと見るもんじゃないんだ」

「じゃあ、何するもんなんだよ」

「中を歩いたり眺めたりして、ぼーっとするもの。だってここ、看板とかビルが見えないもん。ふわ～って、日常生活から離れる感じする」

のどかな午後だった。

七十二候でこの時期を「虹始見《にじはじめてあらわる》」というのは、暖かくなって空気が潤ってくるからなのだそうだ。空気が乾燥している冬に、虹はあまり見えない。これからの季節、空気は水分をたっぷり含んで、雨上がりに虹を見せるのだ。

風に吹かれて、小さな花が頭上から降ってくる。

手を伸ばして、菜月の頭の上に落ちた花を取ってやると、菜月は抱えていた膝を伸ばし、後ろに手をついて空を仰ぐようにした。

「ゴールデンウィーク、新歓合宿あるでしょ」

「うん？」

四月の前半は、新歓コンパだけに出てタダ飯を食らって去っていくという新入生が多かったけど、半月も立つとようやく人の流れも定まってくる。正式にサークルに入会した新入生を連れて、比良山系《ひらさんけい》に行くのがゴールデンウィークの恒例行事だった。

五月の頭だとまだ雪が残っている山も多いんだけど、そこは残雪もなくテントで泊まれるのだ。

「久我さんと彩子さんが、付き合ってるの隠して知らんぷりで一緒にいるの、見るの嫌だな～って、すごい憂鬱だったんだ。山から帰ってきても、そのこと思いだしてずーっと気分塞いでる……ってところまで想像できてさ」

「まあ、丸二日、ずっと一緒だもんな」

「でもなんか、今、どうでもよくなっちゃった。そのときになったら落ちこむだろうけど、今からうじうじしても仕方ないって思った」

たぶん、ちょっと前なら何か気の利いたことを言わなきゃいけないと思って焦ってただろうけど、「世の中の大半の『相談』が求めてるのは、解決策じゃなくて共感」

という花柚さんの言葉を聞いてから、少し気楽になった気がする。

そういえば「選ぶのは菜月ちゃんなんだから、彗くんは勝手にすればいい」とも言っていたな。

ぼくはしばし考えて、口を開いた。

「帰ってきてからも気分塞ぎそうなら、先に予定入れとけばいいじゃん。次の日に、楽しいやつを」

「そっか。ゴールデンウィーク、ヒマなんだよね。バイト先も休みだし」

「おれ、神戸は山しか行ったことないから、観光に行きたいんだよな。一緒に来る？」

さらりと誘ったつもりで、内心は胃が痛くなりそうに緊張していたのだが、菜月はあっさりと答えた。

「神戸か、いいね。三宮《さんのみや》の近くにおいしいオムライスのお店があるから連れてってあげる」

「いやそれ、お前が食べたいだけだろ」

「自分が食べたくないもの、人に薦めないよ！」

飲み物を取りに行っていた永谷氏と花柚さんが、戻ってくるのが見える。

上流の浅い流れに、金属製のバスケットに入れた瓶やペットボトルを沈めていたらしく、永谷氏の持つバスケットからしずくが零れ落ちている。小川の水面はゆらめくようにきらきらと光っていた。

美津彦さんが「子どもの頃から『メシ、フロ、ネル』」と評した永谷氏だけど、小川の飛び石のところに来ると、手を差し伸べて花柚さんの手を取っていた。そういうところがお坊ちゃまらしかった。

今日の花柚さんは、珍しく洋服を着ていた。ブラウスとスカートを身にまとい、桜色のストールを羽織っている。下ろした長い髪はゆるやかに波打っていた。

店を離れた花柚さんは、ただの良家のお嬢さまだった。

ぼくたちが家にやって来てすぐに、花柚さんのご両親やおじいさん、使用人の人たちが入れ替わり立ち代わり、「あれはいるか、これはいるか」と物を持ってきたり手伝いを申しでたりした。お母さんはふくよかで、優しそうな顔立ちが花柚さんとよく似ていた。花柚さんが「大丈夫だって言ってるでしょう。今日はお仕事なんだから、自分たちでやるわよ！」とか言い返しているのも、大事にされているお嬢さまっぽかった。

美津彦さんと永谷氏は家の人たちと顔見知りで、特に永谷氏はお父さんと親しいらしく、自分の家族の近況についてあれこれと話していた。

正直なところ、ぼくは花柚さんからお見合いだとか婿養子だとかの話を聞いても、なんだか現実離れした話のようで、あまりピンとこなかった。「家」の何がそんなに大事なのか、さっぱり理解できなかったのだ。

でも、今日この家に来て、ようやく腑に落ちた気がした。

歴史ある建物や、美しい庭や、風流な生活様式を先祖代々受け継いで守っている人たちがいて、その受け継いできたものを自分の代で途絶えさせるということは、相当な覚悟がいることなのだろう。

そして花柚さんは、途絶えさせるつもりなどまったくない。それはたぶん、家の犠牲になるということではないのだろう。花柚さんは家族や家を愛していて、彼女の中に、よその家の跡継ぎと結婚するという選択肢は存在しないのだ。

だから、花柚さんが永谷氏に手を取られて飛び石を渡っている光景は絵のように美しかったけれど、切なくもあった。

花柚さんは、美津彦さんとその甥っ子・姪っ子を車で送っていきがてら、美津彦さんのおばあさんである先生のところに挨拶に行くという。ぼくと菜月は永谷氏の車でゆうやを家まで送り届けることになった。

後部座席でぼくとゆうやが遊んでいる間、助手席に座った菜月はまったく物怖じせず、永谷氏に向かって「花柚さんのことどう思ってるんですか」とか直球を投げこむので、聞いていたぼくは本当にひやひやした。

「今日はどうもありがとうございました」

家の前で出迎えたゆうやママが、頭を下げる。

手短に永谷氏と菜月を紹介し、ぼくは言った。

「いえ、こちらこそ。ごちそうさまでした。お弁当、おいしかったです」

「ママ、かっこいい弁当だった。黄色い花、かわいかったし、おいしかった。デザートのパンみたいなやつも好き」

母親のスカートにまとわりついていたゆうやが、顔を見上げて言い、ゆうやママは涙ぐんだ。

「本当にお世話になりっぱなしで……」

「おれも今、花柚さんに料理習ってるところです。お互い頑張りましょう！」

ぼくが言うと、胸のあたりでにぎりこぶしを作って、お母さんは笑った。

「ええ、頑張りましょう！」

笑顔は年相応で可愛く見えた。

永谷氏が府庁の職員だと名乗って、ゆうやママにパンフレットを差しだした。アレルギー対策を支援するＮＰＯ法人が市内で講座を開いているので、低料金だし参加してみてはどうか、という提案だった。

花柚さんから話を聞いたのだろうけど、この人もそれなりに気にしてくれていたらしい。ぼくはそのことよりも、彼が威張らずに礼儀正しくしゃべっていることに驚いたけど。

じゃあまた、と言ったところで、母親にくっついていたゆうやが、ぼくのジーンズに飛び移った。セミが木から木へ飛び移るかのような動きだった。

ジーンズの布地をつかみ、ぐいぐいと前へ向かって押してくる。

「なんだよ？」

永谷氏との間にぼくの体を据えるようにして、ゆうやは小声で言った。

「……今日はありがとうございました」

お母さんに言い含められていたのか、それとも永谷氏の「教育」が効いたのか。ぼくのジーンズに半分身を隠しながらゆうやはもじもじしていた。

菜月が笑って「またねー！」と手を振り、永谷氏はにこりともせずに片眉を上げて答えた。

「上出来だ」

褒めてるつもりなんだろうな、この人。

# 4．牡丹《ぼたん》華《はなさく》、だし巻き卵と献立帖

だし巻き卵⑤（花柚流）
材料：卵2個、だし大さじ5、うす口しょうゆ小さじ1、塩ちょっと
↓失敗
・うまく巻けない。だし入れすぎ？
・冷めると味がしない
・時間がたつと水分が出てくる

お弁当練習帖を見ると、花柚さんは同じメニューを何度も繰り返し作っている。

これはぼくも花柚さんに言われたことだけれど、教わるままに作っても、それは「作れる」とは言わないのだそうだ。材料と手順を覚えて、何も見ないで作れなければ、「作れる」ことにはならない。

だから花柚さんは、最初に先生に教わったものをベースにして、自分の記憶だけに頼って作ったりアレンジしたりして何度もチャレンジしていたらしかった。

花柚さんの先生は、自主練習の記録も見てくれていたらしく、特に花柚さんが小学

生の間は頻繁にコメントが書きこまれていた。

・だしを入れれば入れるほどおいしい。でも、その分、巻きにくくなる。最初は卵1：だし大さじ1がよい。慣れてきたらだしを増やしてもよい。

（うまく巻けなかったら、ラップに包んで巻き簾《す》で巻き、形を整える）

・弁当に入れるときは、味を濃くする。すぐに食べるときはいつものだしだけでよいけれど、弁当用に使うだしは、塩と薄口しょうゆを増やす（だしの取り方のページを見直すこと）。

・弁当用に作るときは、卵1につき小さじ1／4の割合で片栗粉か葛粉《くずこ》を入れる。水分を閉じこめてくれる。

一年の間に、ぼくは練習帖五巻までの基本メニューはあらかた作っていて、自主練習のため繰り返しノートを見ていた。

だから、先生のコメントは何度も目にしている。

天真爛漫《てんしんらんまん》な小学生時代の花柚さんを、時にたしなめたり叱ったりしつつ、先生はかなり根気強く花柚さんの花嫁修業に付き合っていたようだった。

そしてプライベートでの親交も密だったらしく、ときどき料理とは関係ないコメントも書きこまれていた。

いやなことを言ってくる子は、花柚のことがうらやましいのだ。

いやなことを言われないようにちぢこまっていると、うらやましいと思われている花柚の幸せなところがなくなってしまう。

花柚が人を傷つけるようなことや失礼なことを言わないように、気をつけてさえいればいい。

あとはもう相手の問題で、どうにもならない。女どうしはむずかしいもの。

まんがを貸してくれて、ありがとう。三巻全部読んだ。

主人公は気が多くて感心しない。

それと、あの顔のいい男は人生をなめている。ろくなものにはならない。

気難しさと茶目っ気が同居したその人柄は、練習帖のコメントからもうかがえたし、花柚さんの語る「先生がおっしゃってたんだけど」からもよくわかった。一度も会ったことがないのに、ぼくはその先生を、いつの間にかずいぶん近しく感じていたようだった。

カレンダーは、地上の穀物に恵みの雨が降り注ぐという「穀雨」の時期に入ったけれど、四月下旬の日々は雨の気配もなく、さんさんと日が降り注いでいる。

その日の午前中、ぼくと花柚さんは塩漬けにした八重桜を干した。

竹で編んだ盆笊という大きく平たい笊の上に並べて、庭に出しておく。

笊が五つ、小手毬《こでまり》の咲く坪庭の石段の上に並んでいる。四月下旬のうららかな日ざしに照らされて、濡れた桜の花弁が光っていた。

日干しして、完全に乾いたらまた塩をまぶす。煮沸消毒した瓶に詰めておけば、一年は保存がきくそうだ。

ドライトマト、切り干し大根、チーズのオイル漬けに梅酒、と花柚さんは年中保存食を作っていて、それが大量なものだから手伝うぼくも結構な重労働を強いられるのだけど、保存食の瓶が並んでいるのを見るのは、ちょっと楽しいものだ。頑張ったぞ！という気分になる。

「一仕事終えた！って感じねえ」

坪庭に面した縁側に腰かけ、切り分けた桜餅を口に運びながら、花柚さんは言った。

「花を並べてるだけなのに汗かきましたよ」

頭に巻いていたタオルを外し、ぼくは縁側に手をつく。

桜餅は今朝、永谷氏が持ってきたものだ。道明寺《どうみようじ》と呼ばれる関西風のもの。

永谷氏は用事がないと店に来ないのだが、届け物やら打ち合わせやら、なんだかんだで週に一、二回は来ていた。朝来るときは弁当も買っていってくれる。

花柚さんに会いに来てるのかな、と思ったけど、花柚さんが厨房に籠っている朝に来ることが多いし、彼女を呼ぼうとすると呼ばなくていいと言う。それであとから届け物を受け取った花柚さんが、「どうしてわたしがいないときに来るのかしら」と眉をひそめているのだった。

永谷氏はたぶん、あまり花柚さんとの距離を詰めないようにしているのだと思う。恋愛や結婚はできない相手だから、近づきすぎてはいけないと思ってるのだ。

でも、店には来る。そして永谷氏が来ると、花柚さんを取り巻く空気はあからさまにふわふわする。顔を合わせるたびに、だんだん煮詰められたようにふたりの間の空気が濃くなっていく。

「そういえば最近、美津彦さん来ませんね」

湯呑に入った緑茶に息を吹きかけ、冷ましながら、ぼくは言った。

桜狩りのあと、二日くらいはいつものように店に入り浸っていたのだけど、もう一週間以上姿を見ていない。ぼくが大学に行っている間に来ているのかと思ったけど、そうでもないらしいのだ。

ぼくがちどり亭でアルバイトを始めてから一年たったけれど、その間、美津彦さんの不在がこんなに続いたことなどなかった。

花柚さんが表情をくもらせる。

「おばあさまの具合が良くないの。先々週、ゆうくんのアレルギーのことで相談に乗っていただいたんだけど、そのときもずっと臥《ふ》せっていらっしゃって」

美津彦さんのおばあさんが藤沢吉野《ふじさわよしの》という名で、花柚さんの料理の師匠だったという話は聞いている。

藤沢は旧姓。京都でずっと家庭料理の指導をしている人で、随筆家でもあるという。

随筆は読んだことがないけれど、店の奥にある花柚さんの本棚に料理本が大量に並んでいて、そこにあるレシピ本は何回か見せてもらったことがあった。著作はかなりあるようだった。

「三年前に美津くんのおじいさまが亡くなってから、先生、『もうやり残したことはない、さっさとお迎えが来てほしい』っておっしゃってて、実際、生きる張り合いがなくなっちゃったみたいなのよね……」

美津彦さんのおじいさんは再婚で、藤沢先生は五十歳くらいで結婚した。

美津彦さんの家は大家族だが、藤沢先生はその誰とも血のつながりがなく、夫の死後は疎外感を感じることもあったのだろうと花柚さんは語った。

「今は、美津くんだけが家族みたいなものなのよね。前にも話したけど、美津くんは先生のごはんで育ったようなものだったし、その影響で兄弟の中でひとりだけ、離れでおじいさまと先生と一緒に暮らしてたから」

九十近い高齢であることから、美津彦さんの中にもそれほど悲壮感はないらしい。ただ、近いうちに必ず来る「そのとき」の存在を意識せざるを得ないのだという。

お茶を飲みながら、花柚さんが切りだした。

「彗くん、わたしの都合で申し訳ないんだけど、一度、一緒に先生のところに行ってくれない？」

「え、おれがですか？」

会ったこともない人なのだ。ぼくが訪ねていってどうなるというのだろう。

「先生は家庭料理をとっても大切にされてたの。レストランや料亭の料理も素敵だけど、日々、その人の体や暮らしを作っていくのは家でのごはん。わたしがお料理を習いはじめたのだって、もともとはお嫁に行ったときのためだったでしょう。お店をやるためじゃなかったのよ。だから本当は、わたしが結婚して、毎日旦那さまや子どもにごはんを作って幸せな家庭を築いてるってことを見せるのが、何よりの先生孝行だと思うのよね」

それがかなわないから、せめて孫弟子の存在は知らせておきたいのだと花柚さんは言った。あなたの料理を、あなたの教えを、ちゃんと受け継いでいく人がいるのだと伝えたいのだと。

「……わかりました。何にもできませんけど、挨拶はさせてもらいます」

ぼくはそう答えた。

話題もなくて困っている自分の姿がすでに目に浮かぶようだけれど、先生孝行できないことを花柚さんが本当に心苦しく思っているのがわかったから。

お邪魔したいけれど先生の具合は大丈夫だろうか、と花柚さんが美津彦さんに電話で尋ねたところ、先生は「まともなものが食べたいから、何か作って持ってきてほしい」と言っているということだった。

　これまでずっと自分で食事を切り盛りしてきた人なので、母屋の使用人が作る食事が気に入らないそうだ。作ってくれた人の手前、文句は言わないが、料理を生業《なりわい》としていた人だからやはりいろいろ不満があるらしい。

　花柚さんは、高齢者向けレシピの本を買いこんで熟読し、試作を繰り返していた。

　ぼくの祖父母は父方・母方ともに遠く離れた場所に住んでいて、年に一回か二回会うくらいだし、まだまだ元気そうだ。だから、ぼくにはお年寄りの生活というものを身近に見る経験がほとんどなかった。

　花柚さんの話だと、噛む力はもちろんだが、食べ物を飲みこむ力も低下するため、材料や調理方法にかなりの気遣いが必要なのだという。

　昔は、誤って飲みこんでも大丈夫なように材料を細かく刻むか、ミキサーにかけてどろどろの状態にする、というのが主流だったらしいけれど、最近は見た目もよく舌で押しつぶせるくらいに柔らかい食事が多いらしい。ソフト食と言われるそれを、花柚さんはいくつも作って試食していた。

「先生のためにお弁当を作るのは初めてかも。十代の頃は、お弟子さんたちがみんなで手分けしてお弁当を作って、お花見や花火に行ったりしたものだけど……あれはみんなのためのお弁当で、先生のためだけのお弁当じゃなかったわ」

花柚さんは小学四年生になった九歳の春から、十年以上、先生の指導を受けていたそうだ。最初は、岡崎にあった先生の教室に通い、先生が弟子のひとりに教室を譲ってからは、先生の自宅で個人指導を受けていたのだという。

店を開いてからも花柚さんは研鑽《けんさん》を怠らず、今も定期的に和食やお菓子といった専門的な料理学校に通っている。それぞれに先生はいるのだろう。でも、彼女にとっての「先生」は、今も昔も藤沢先生なのだった。

ぼくは昔、書道教室とスイミングスクールに通わされていたけれど、どちらも小学校卒業と同時にやめてしまった。部活も、中学では陸上、高校ではバスケをやっていたけれど、それはあくまでも「部活」であって、一生続けようという気はなかった。

だから、十年も同じ人に師事するということがどういうことなのかわからないし、師匠と弟子という関係も具体的には想像ができない。

ただ、思い返してみると、人でも物でも、十年付き合ってきたものはそんなに多くない。それだけ長く時間を共有していたら、その人との思い出は、家族と同じように、自分の一部になってしまうんじゃないかと思う。


祝日になっていた四月最後の金曜日、ぼくは花柚さんに連れられて、美津彦さんの家を訪れることになった。

家は銀閣寺《ぎんかくじ》の北西、北白川《きたしらかわ》とよばれるエリアにあって、近くには美津彦さんが籍を置いている国立大学がある。高級住宅街らしく静かで、重厚な雰囲気の家が並んでいた。

花柚さんの家を見たのである程度覚悟はしていたのだけど、「ここが美津くんの家」と花柚さんが言ってから白壁がずっと続くのを見ると不安になってくる。

「花柚さんとか美津彦さんのお父さんって、何してる人なんですか？」

レクサスの助手席で萎縮しながら尋ねると、花柚さんは首をかしげた。

「うちは祖父も父も、市の職員よ。美津くんのお父さまは学者。亡くなったおじいさまは俳人」

「どうやって維持してるんですか、この家。大会社の社長とか、そういう感じだと思ってました」

失礼だが、学者も俳人も儲《もう》からない職業というイメージだ（というか、俳人って職業なんだろうか？）。市職員もそれほど高給取りという印象はない。

「感覚が昔のままだから……商売は自分たちのやることではない、って意識が強いのよ。先祖代々の財産を維持するのが使命みたいなものなの。手段はたいてい、不動産と有価証券の運用ね」

「はあ……」

有価証券というのは株だろうか。それもたぶん、自分たちで運用しているわけじゃないんだろう。金持ち＝会社経営、という発想は庶民のもののようだ。

花柚さんが車寄せにレクサスを停め、使用人らしき人に挨拶して車の鍵を預ける。

表札に「白河」と書かれた門をくぐり抜け、母屋と思われる建物の呼び鈴を鳴らす。

応対に出たのは、美津彦さんのお母さんだった。細身のすっきりした印象の美人で、花柚さんとは親しいようだった。花柚さんは、人に会うたびに「うちのアルバイトの彗太くんです」とぼくを紹介しながら、母屋には上がらず離れへ向かった。

ぼくは風呂敷に包まれたお重を抱えて、始終緊張していた。

砂利を敷き詰めた小道には平たい石が並び、傍らには小さな灯籠がたたずんでいた。そしてその奥には、緑の木立に囲まれるように、木造建築が建っている。

ここは本当に人が生活している空間なんだろうか。浮世離れしすぎている。

「待ってたぞ、昼飯を」

出てきた美津彦さんが飄々《ひょうひょう》とした調子で言った。白いシャツにグレーの細身のパンツを身に着けた姿はいつもどおりで、少し安心する。

待っていたのはお前たちではなく昼食だ、と言わんばかりなのがこの人らしい。

「今日はちょっと調子がいい。さっきまで本を読んでやっていたんだ」

持っていた文庫本を振ってみせる。

通されたのは畳敷きの和室で、床の間には何が書いてあるのかさっぱりわからない書がかけられていた。障子は開け放たれ、縁側の向こうには作りこまれた日本庭園が広がっている。

そして、敷かれた布団の傍らに、和服の老女が座っていた。師匠の藤沢先生だ。花柚さんの家のアルバムで若い頃の顔を見たことがあった。渋い色味の縞《しま》模様の和服を着て、白い髪を後ろで結っている。

「先生、こんにちは。花柚です」

花柚さんが声をかけると、先生はうるさそうに顔をしかめた。

「名乗らなくたって、見りゃわかるよ」

「ほら、お年寄りは急に人の名前がわからなくなっちゃったりするから」

「本当に失礼な子だね、あんたは」

先生は座椅子に座り、薄紫の膝かけをかけていた。目は落ちくぼんでいるし、ひどく痩せてはいるけれど、背筋もしゃんと伸び、物言いもはっきりしている。

「この子は、うちの店のアルバイトです。ちょっとずつお料理を覚えてもらっているの。先生にとっては孫弟子みたいなものね」

座布団に座るとすぐに、花柚さんがぼくを紹介する。

「初めまして。小泉《こいずみ》彗太です。花柚さんにはいつもお世話になってます」

頭を下げ、ぎこちなく挨拶をすると、先生はぼくをじろりと見て言った。

「その髪、あんたは外国の子か」

「いや、日本人です。髪は染めてるだけで」

冷や汗をかきながら答える。今どき茶髪だけで外国人扱いされるとは思わなかった。

お手伝いさんだと思われる女の人が、お茶を運んできた。それを飲みながら、ぼくは、大学生で、社会学を勉強していて、花柚さんの車に轢かれそうになってバイトを始めた、ということを説明した。

耳が遠いのか、何回か聞き返されたけど、先生はずいぶん元気で具合が悪いようには見えなかった。

「社会学部ってのは、何をしてるんだ」とか、「あんたは何でその学部に行こうと思ったんだ」とか、目的意識のない学生をたじろがせる質問を次々に繰りだしてくる。ついでに言うと、その質問をされている間に正座していた足がすでにしびれてきた。普段正座をする機会なんかほとんどなかったのだ。

学問については、美津彦さんが適度にフォローを入れてくれた。彼の専門は確か日本文学だったはずだけど、ぼくよりよっぽど社会学を理解しているように思える。

足のしびれに気づいた花柚さんが、足の親指にぐっと力を入れて曲げる、と小声で教えてくれた。しびれが取れるらしい。正座もできないなんて恥ずかしかった。

話をしている間、印象的だったのは、美津彦さんのかいがいしさだった。先生の背中を支えたり、こまめに湯呑の受け渡しをしたりと気を配っていた。普段は、働くと死ぬ呪いにでもかかっているんじゃないかと思うくらい、頑として動かないのに。

「そろそろお昼にしません？」

人と会うのも疲れるだろうから、と花柚さんは滞在時間を二時間と決めていたので、話がひと段落するとそう切りだした。

ぼくが風呂敷を解き、四段のお重を取りだす。ひとり一段、四人前。

お重の中身は、今朝、仕出し弁当と並行して作っていたものだ。

メニューは鮭といくらの親子寿司、だし入りのスクランブルエッグにロールキャベツ、春菊とえのきのピーナッツ和え、長いもと卵白のふわふわ豆腐。

彩りも華やかだし、ちょっと薄味にしてあったけれど、おいしかった。

ごはんはゼラチンを混ぜて多めの水で炊き、飲みこみやすくしてあるし、鮭・いくら・千切りにした大葉の色合いは、スクランブルエッグと合わせて鮮やか。ロールキャベツは鶏の挽肉《ひきにく》と玉ねぎをまとめた団子のまわりに、千切りにしたキャベツをまぶして作られている。春菊とえのきは細かく切って飲みこみやすいようになっていたし、あんかけにしたふわふわ豆腐は、メレンゲにした卵白のおかげで溶けるような柔らかさ。

噛みごたえがないのでぼくにとってはやっぱり物足りない感じはしたけれど、先生にはちょうどいいんじゃないかと思えた。

先生はすべてのメニューを少しずつ食べ、「ごちそうさま」と手を合わせた。

「私のために、いっぱい勉強してくれたんだね」

先生は微笑んだけれど、花柚さんは表情をくもらせた。

用意してきた弁当は、半分くらい残っていたのだ。

「あんたたちも、もうわかってるだろうけど、わたしはもうすぐあの世へ行くよ」

食後に桜湯をゆっくり飲みながら、きっぱりはっきり、先生は言った。

「やり残したことはもうない」と言っていたそうだけど、その言葉どおりに、もう悔いがないのだろうと、初めて会ったぼくにもわかるほど潔い口調だった。

「そんなこと言わずに」とか「弱気なことを」なんて、白々しくて言えなかった。傍目にも、彼女に残された時間が多くないことは明らかだったのだ。

死のことを、昔は「避《さ》らぬ別れ」と表現したのだと、以前何かの折に花柚さんから聞いた。人間には寿命があって、誰もがいつかは死ぬ。死を避けることは決してできない。そのことの絶対性みたいなものが、急に、目の前に迫ってきた気がした。

「花柚、形見は何がほしい？　他の弟子には、器だの鍋だのをやった。あんたはどうする？」

先生の問いかけに、即座に花柚さんは答えた。

「献立帖をください」

前から考えていたのだろうと思われるほど、迷いのない口調だった。

「前におっしゃっていたでしょう？　先生が、美津くんとおじいさまのために作っていたごはんの記録。それをください」

先生は困惑したように眉をひそめた。

「いいけど、自分のための覚え書きだから、ほとんど走り書きだよ」

「かまいません」

「わかった。あちこちに散らばってるから、美津彦に揃えておいてもらうよ。また明日以降に取りに来ておくれ」

「また明日うかがいます。明日もわたしの作ったものを食べてくださいね」

お重を片づけながら、花柚さんは微笑んだ。リベンジするつもりなのだ。


帰り道、離れからぐるりと庭を回って歩きながら、花柚さんは池を指さした。

「そういえばわたし、ここでおぼれかけたことがあったわね。小学校一年生とか、そのくらいのときに」

見送りに来ていた美津彦さんが笑った。

「実の兄に突き落とされてな」

池の鯉《こい》をのぞきこんでいた花柚さんを驚かせようと、お兄さんが「わっ」と声を出して背中を叩いたら、そのまま池に落ちてしまったのだという。

何かのお祝いの席があったときのことで、思いがけず池が深かった上、花柚さんの着ていた着物が水を吸い、沈んでしまった。お兄さんと一緒にいた永谷氏（たぶん、当時小学三年生）が仰天して美津彦さんに大人を呼んでくるように言い、花柚さんを引っ張り上げて助けようとしたが、逆に自分も落ちたのだそうだ。

「本当、うちの兄は役に立たなかったわよね。自分のせいなのに、おろおろしてるだけだったもの。もう高学年だったのに」

「うちのばあさんにぶたれて、めちゃくちゃ叱られてたな。俺たちも連帯責任でぶたれて、総一郎が『それはおかしい』ってばあさんに食ってかかってたのは覚えてる」

反論した永谷氏は「口答えするんじゃない」とまた叱られたそうだ。

「先生は、わたしたちみんなのおばあさまよね」

隣にたたずむ美津彦さんの顔を振り仰ぎ、花柚さんは微笑んだ。そして、美津彦さんの手を取って、二回、ぶんぶんと振った。

「また明日ね」

「ああ」

美津彦さんも口の端を上げてみせ、手を離した。

そのやり取りは本当に単純な親愛の情にあふれていた。

この人たちは本当にただ、仲良しなんだなあ、とはたで見ていたぼくは納得した。

幼い頃の思い出を共有して、藤沢先生というひとりの女性によって強く結びつけられている。


ちどり亭に戻ると、ぼくは明日の仕込みに取り掛かった。

ゴールデンウィーク中のちどり亭は、弁当の予約販売と仕出しのみだけど、行楽弁当の予約が結構入っている。ぼくはサークルの新歓合宿で二日間休みをもらう上、菜月と神戸へ行く約束もしていたので、それ以外の日はみっちり働くつもりだった。

明日の弁当のメニューは、鮭と菜の花のちらし丼、ひじきと豆腐入りのつくね、厚焼き玉子に、れんこんチップス、スナップエンドウのソテー。

弁当とは別に、単品のおかずとして、あらめと油揚げの煮物も作る。

あらめは海藻の仲間で、昆布の一種。これは京都の「決まりもん」なのだそうだ。

花柚さんの話によると、京都の商家では日によって食べるものが決まっていたのだという。一日は小豆ごはんや「にしんこぶ」(にしんと昆布の煮物)、八のつく日はあらめ、月末はおから、というように。花柚さんの家は商家ではないのでそんな風習はなかったらしいのだけど、ときどき店のメニューに取り入れていた。

ちなみに花柚さんは、なぜか「煮る」ことを「炊く」という。

アルバイトを始めた頃、花柚さんの「今日は大豆を炊きます」「魚を炊くの」という言い回しに、ぼくはかなりの違和感を持った。ぼくは、「炊く」という表現をごはんにしか使わなかった。

でも、菜月も普通に「野菜を炊く」と言うので、このあたりの方言なのかもしれない。「煮る＝炊く」に完全に置き換えられるわけではなく、本人たちは使い分けているみたいなんだけど、ぼくにはいまいちそのニュアンスがわからない。

「先生、ちょっとしか食べてくださらなかったわね……」

ぼくが下準備をしている間、花柚さんは老人食のレシピ本を見ながらうなっていた。

明日持っていく弁当のメニューをさっそく考えているのだろう。

「食べやすくなってたと思うんだけど……お気に召さなかったのかしら」

「もう食欲自体がないのかもしれないですよ」

「でも、食べたいって先生ご自身がリクエストされたのよ」

確かに先生は、わざわざ花柚さんに弁当を作ってきてくれるように頼んでいたのだ。

水につけて冷蔵庫に保存していた豆腐八丁を取りだしてきて、キッチンペーパーでそれぞれくるむ。ステンレス製のキッチンバットに並べ、上に木のまな板と漬物石を載せて、再び冷蔵庫へ。

乾燥ひじきとあらめを戻すために、ボウルに張った水につける。

その作業をしながら、さっき会ったばかりの藤沢先生のことを考えた。

美津彦さんの家のお手伝いさんだってプロなのだから、藤沢先生のための食事にさまざまな工夫をしているに違いない。食べやすいように、飲みこみやすいように、栄養がとれるように。

だけど、先生は花柚さんに弁当を作ってきてほしいと望んだ。

嚙むのも飲みこむのも億劫《おっくう》だけど、食べたいと思ったのだ。

自分はもう少ししか生きられないのだと断言した人が。

人間は必ずいつかは死ぬのだと、知識としては知っているけれど、実感がわかない。さっき会ったばかりの藤沢先生がいなくなるなんて、いまだに信じられなかった。だから先生の心境なんてわからないけど、明日自分が死ぬとしたら、と考えてみる。

「おれ、思うんですけど」

「なあに」

「『地球滅亡の日に何が食べたい？』って質問、よくあるじゃないですか。花柚さん、何食べます？」

「ええー……迷うわ。いちご大福？　うな重？　ああ、揚げだし豆腐でもいいかも」

「おれはカレーがいいんですよね。菜月はたぶんオムライス。つまり……もうすぐ自分が死ぬってわかってたら、栄養なんかどうでもよくて、自分の好きなものを口に入れたいんじゃないですかね。飲みこめなくても、ちょっとしか食べられなくても」

背後が静まり返った。

不謹慎なことを言ってしまったのかと心配になって振り向くと、花柚さんは両手を胸元にあてて立ち上がっていた。

「ああ、そうね、そうよ！　食べたいっておっしゃってたから、食べられるものを、って考えてたわ。先生、だし巻き卵がお好きなの。でも今日、わたし、柔らかくするために、だし入りのスクランブルエッグにしちゃったわ。材料が同じでも、それはもう違う料理よね」

飛び跳ねんばかりの勢いでそう言い、走り寄ってきてぼくの背中を柔らかく叩いた。

「ありがとう、彗くん。わたしが間違っていたわ」

そう言って、花柚さんは戸棚に入っているお弁当練習帖を全部取りだして、めくりはじめた。

いま花柚さんが作っている料理は、花柚さんの味。先生から教わったことを基本に、試行錯誤してできあがった花柚さんの好きな味、花柚さんがおいしいと思う味だ。

先生の好きな味は、そのもとであるお弁当練習帖の味なのだ。

カレンダーの言葉が「霜止出苗《しもやみてなえいずる》」から「牡丹華《ぼたんはなさく》」に変わった。その暦のとおりに白河家の庭には牡丹の花が咲いていた。

牡丹は、一輪一輪が大きくて、紙みたいな質感の花びらが何重にも重なっているゴージャスな花だ。白、ピンク、赤、黄、紫……と色もたくさんあるし、白にメッシュみたいな赤が入っているのもある。

花柚さんの持参した二つめのお弁当のメニューは、筍ごはんに、だし巻き卵、なすの揚げびたし、アボカドと海老のサラダ、豆腐入り白玉の小豆和え。

具材は食べやすい大きさに切ってあったし、少し柔らかめに仕上げてあるけれど、できる限りいつもの食事に食感を近づけてある。

だし巻き卵は、手前から奥に向かって巻く「京巻き」で作ったもの。

卵焼きは奥から手前に巻く「大阪巻き」が一般的なのだけど、京都で料理の修業をした人は手前から巻くことが多いらしい。できあがりに差はないように思えるし、奥から巻いた方が巻きやすい気がするんだけど、花柚さんはいつも先生に教わったとおりにやっていた。

藤沢先生は、一口一口、記憶に刻みつけるようにして味わっていた。うれしそうに料理を口に運ぶその姿から、先生が食べ物を大切にして生きてきたことがわかる。

ゆっくりゆっくり、時間をかけて、先生はすべてを食べた。

そして箸を置き、口をひらいた。

「ごちそうさまでした。最後のだし巻きだね。おいしかった」

花柚さんが畳の上に右手をついた。うなだれた花柚さんの目から、はらはらと涙がこぼれ落ちる。

「泣くんじゃないよ」

座椅子に座ったまま、先生は花柚さんの方に手を伸ばした。その手を握り締めて、花柚さんは言った。

「先生……、先生、淋しい……」

嗚咽《おえつ》交じりに言ったその言葉があまりにもシンプルで飾り気がなくて、思わずぼくも涙ぐんでしまった。

今こうして同じ場所にいて、言葉を交わしているのに。近いうちに、地球上のどこを探しても、彼女を見つけることができなくなってしまう。どんなに願っても、もう二度と会えない。

それは本当に不思議で、信じがたいことだった。本当に本当に、淋しいことだった。十年もの長い間、先生の教えを受けて人生を築いてきた花柚さんは、なおさらそうだろう。

「花柚、あんたは本当に甘ったれのお嬢さまだね」

切ないくらいに優しい声で先生は言った。

「それならそれらしくしていればいい。誰かのために生きてはいけないよ。『誰かのために』は簡単に『誰かのせいで』に入れ替わってしまうんだから。一生のことを、誰かのために我慢してはいけないんだよ。何の話をしているのか、わかるね」

美津彦さんが黙って差しだしたボックスティッシュからティッシュをむしり取るようにして、花柚さんは首を横に振った。

「四十年、五十年、毎日食事を用意するなんて、誰に対してもできることじゃない。それを忘れないことだ」

先生はあやすように、花柚さんの手にもう片方の手を重ねた。そしてぼくの方に顔を向けた。

「それと彗太、あんたは死に際に生まれた孫みたいなものだ。何も残してやれないけど、花柚を頼んだよ。この子は子どものくせに、へんに聞き分けよくしようとするんだから」

はい、と答える声が震えた。

「お会いできてよかったです」

社交辞令ではなかった。

本当に、もうすぐこの人はいなくなってしまう。

書いたものに、レシピに、残るものはあるけれど、記憶の中にしか残らないものがあって、ぼくは確かにその一部を受け取ったのだ。
　この先、自分がどの道に進むのか、まだわからないけれど、一つのことを極めた人の存在感は鮮烈だった。二回しか会っていないけれど、共有した時間も五時間にも満たないけれど、これが自分の将来に影響を及ぼすような予感がした。

4／29
朝：雑炊（鶏ささみ、三つ葉、餅）、グレープフルーツ
昼：豆ごはん、鶏もも肉の照り焼き、春菊のおひたし、にんじんといんげんの煮物、
　大根と油揚げの味噌汁
夜：焼きおむすび、ぶりの照り焼き、小松菜とにんじんとかまぼこの煮物、せりの胡
　麻和え、沢庵
4／30
朝：雑炊（たらこ、ほうれん草、チーズ）、みかん

昼：梅と鮭のおむすび、豚肉とピーマンの炒め物、空豆とチーズのサラダ（ミ：空豆の塩ゆで）、キャベツの味噌汁（ミ：キャベツの胡麻和え、ミニトマト）
夜：雑穀ごはん、鯛の煮つけ、煮豆、スライストマト、きゅうりの酢のもの、麩のお吸い物

5／1
朝：おかゆ、かますの干物、切り干し大根と油揚げの煮物、漬物
昼：玄米ごはん、海苔の佃煮、焼き鮭、せりの胡麻和え、花豆の甘煮、かきたま汁
（ミ：海老の塩焼き、コーンのかき揚げ）
夜：筍ごはん、鰹《かつお》の土佐づくり、ふきとにんじんと厚揚げの煮物、菜の花のおひたし、しじみの味噌汁、沢庵

藤沢先生の献立帖は、結婚してから三十年間の食事の記録だった。

レシピのようなものは何もない。ただ、一日に食べたものが淡々と記してあるだけで、たまに生活に関する覚え書き――「洗」（これはたぶん洗濯をしたということ）、「シーツ」（交換したということ？）などが書いてあるだけだ。

でも、一見、文字の羅列にすぎないそれも、映像で思い浮かべてみれば、できるだけ同じ食材を連続して出さないように、季節の食材を使うように、という心遣いが感じられる。

（ミ…）というのは、休日にはほとんど出てこず、なおかつ汁物のあとに記されていることが多いことから、美津彦さんの弁当に汁物の代わりとして入れたものではないか、というのが花柚さんの推測だった。

「先生はずっとおひとりで教室を切り盛りして、文筆家としても活躍していらっしゃったけど……旦那さまや美津くんのために生活をオーガナイズし続けた主婦でもあったのよね」

ちどり亭の厨房で、変色しかけたノートのページをめくりながら、花柚さんはつぶやいた。

働いて一家の生活を支えながら、アレルギー体質の息子のために努力できないことを嘆き悲しんでいたゆうやのお母さんのことを思いだす。

藤沢先生は、その生活を二十年あまり続けていたのだ。まったく血のつながらない美津彦さんのために。それは、夫である人のためだったのだろうか。それとももっと別の気持ちからだったのだろうか。

ぼくにはわからないけれど、花柚さんは思うところあったようで、それから毎日鍋を磨いていた。

厨房と店の掃除は毎日念入りにしているけれど、花柚さんが鍋を磨くのは特別なときだ。考えごとをしたいとき、無心になりたいとき。

〝一生のことを、誰かのために我慢してはいけないんだよ〟

〝四十年、五十年、毎日食事を用意するなんて、誰に対してもできることじゃない〟

そう言った先生が、何を伝えようとしていたのか、ぼくにだってわかったのだ。花柚さんだってちゃんと理解している。

ぼくは連休中、新歓合宿に行き、またもや失恋に傷ついている菜月に胸を痛め、菜月とふたりで神戸に遊びに行った。そしてその間、花柚さんに借りた藤沢先生の随筆を読んだ。

日本にいながら世界各地の料理を口にすることができ、わざわざキッチンを汚さなくても三食を手軽に外注することができる。そうした食の均質化やアウトソーシングによって、得るものもあれば失うものもある。特に食文化の崩壊について、先生は憂いていたようだった。

大学に入って一年。ぼくはいまだに目的意識のない学生のままで、将来何をしたいという希望もないけれど、それならそれで、いまやっていることを究めていくのもいいかもしれないと思いはじめた。

料理の道に進みたいのかどうかは、自分でもまだわからない。

でも、藤沢先生から伝えられたことを花柚さんからきちんと教わって、少なくとも自分の生活だけは整えていこうと思った。

連休明けの金曜日、藤沢先生は亡くなった。

夜、床に入り、文字どおりそのまま、眠るようにしてあの世へ旅立ったのだそうだ。

大学にいたぼくのところに電話をかけてきて、花柚さんは尋ねた。

「今日がお通夜なの。彗くんも行く？　お香典は店から出すし、喪服も持ってないなら兄のを貸すわよ。母がわたしの喪服と一緒に店まで持ってきてくれるわ」

断る理由がなかったので、好意に甘えることにした。

自転車で大学から店に戻ると、黒のアンサンブルを着た花柚さんのお母さんが待ち構えていた。

「彗くん、意外に骨格しっかりしてるのねえ。ちょっときついと思うけど、今日はこれで我慢なさい」

お母さんはちどり亭の奥の和室でぼくに黒いスーツを着せた。

「学生さんだから、まだそんなに着る機会ないと思うけど、何があるからわかりませんからね。喪服は持っていた方がいいわ。この服、あげる。中野さんのところで仕立て直せば十分着られるはずよ」

「いや、いやいや、これ、高いですよね。もらえませんよ」

慌てて断った。生地の色合いといい質感といい、素人《しろうと》目に見ても高級な服だった。

「いいのよ、どうせお兄ちゃん戻ってこないんだから！　花柚のお婿さんに着てもらうことも考えたけど、逃げた子の服をお婿さんに着せるのは縁起が悪いわ！」

ネクタイを締めながら怒っている。その口調が花柚さんにそっくりで、ぼくは思わず吹きだしてしまう。

お通夜は北白川の自宅で行われた。

庭のあちこちに、照明替わりの篝火《かがりび》が焚《た》かれている。火の粉が舞い上がっては消えていき、どことなく幻想的な風景を作り上げていた。

先生のお弟子さんと思われる女性が、本当にたくさん来ていた。天寿を全うした、ということもあるのか、あまり湿っぽい雰囲気はなかった。あちこちで、先生の思い出を語りながら泣き笑いしている人たちをたくさん見た。

遺影の先生は、和服を着て背筋を伸ばし、穏やかに微笑んでいる。

美津彦さんは四人兄弟の末っ子らしく、よく似た美男美女のお兄さんやお姉さん、そしてその奥さんや旦那さんと思われる人たちに、つつかれて挨拶を促されたり呼ばれたりしていた。どことなくぼんやりしていて、心ここにあらずな様子だった。

「お前も来たのか」

ぼくを見つけ、永谷氏が知人らしい人たちの輪からはずれてやって来た。

「最後、花柚さんが孫弟子だって会わせてくれたんです」

家同士の付き合いもあるし、美津彦さんとずっと同じ学校に通っていたのもあって、永谷氏はこの家に出入りすることが多く、藤沢先生に料理を食べさせてもらうことがたびたびあったのだと話した。

話をしている途中、永谷氏は知り合いらしき年配の人たちに何度も声をかけられて、そのたびに慣れた様子で応対していた。

「おれ、葬式に出たの、初めてなんです。なんか、こういう場に慣れてますよね、永谷さんも花柚さんも」

どうにも落ち着かずにぼくが言うと、相変わらずの愛想のなさで永谷氏は答えた。

「二十歳を過ぎてから、ずっと葬式要員だ」

付き合いのある家が多いと、同じ日にいくつかの家の不幸が重なることがある。そういうときは家族で手分けして、通夜や葬式に当主の代理として出席することになる。まったく知らない人の葬式に出ることなどざらなのだと彼は説明した。

この人は本当に、跡取りとして生まれて、跡取りとして生きてきた人なのだ。

永谷氏の視線を追うと、花柚さんが弟子仲間らしい人たちの輪からすうっと離れたところだった。親族の方へ行き、方々に挨拶をしたあと、開け放たれた障子から庭を見ていた美津彦さんの背中に手をあてた。一言二言、何かを言ったあと、いつかと同じように手を取ってぶんぶんと振った。

戻ってきた花柚さんが永谷氏の顔を見た。

「総くん」

「どうやって帰るんだ。手段がないなら送るが」

「本当？　母の車で来たんだけど、おばさまたちと話したいみたいだから、店まで送ってくれるならうれしい」

花柚さんのお母さんは、親族席にいた人たちと話をしていた。美津彦さんのお父さんと花柚さんのお母さんがいとこ同士にあたるらしい。

花柚さんがお母さんのところへ先に帰ると伝えに行き、永谷氏の車で店まで送ってもらうことになった。

「先生とお話した？」

夜道を走る車の中で、助手席に座った花柚さんが尋ねた。

「ああ」

運転席の永谷氏が言葉少なく答える。

「なんて？」

「それはまた今度」

「そう」

美津彦さんに対してはあんなにも屈託なく近づいて声をかけ、手に触れることもできるのに、花柚さんは永谷氏に近づくことができない。

身内で少し遅い端午の節句のお祝いがあるのか、翌日は仕出し弁当の注文が二件入っていた。

蓬麩《よもぎふ》、車海老、鰹の薬味ステーキに筍の煮つけ、空豆、ちらし寿司、ちまきに柏餅。

花柚さんは告別式に行く前に縁起物をたっぷり詰めこんだ弁当を作り終え、ぼくはそれを配達しに行った。

鰹は「勝つ男」、空豆は「まめ（健康）」。筍は「まっすぐ育つ」、蓮根は穴が開いているから「見通しのよい人生」。海老の赤は生命力を表し、蓬は薬になる成分が含まれていて子どもの健康につながる。

おせち料理と同じで駄洒落の世界だけど、今もこうした縁起物を大事にする家が京都にはたくさんあるということだった。

京都の柏餅は白味噌仕立ての白餡が多いらしい。愛知にいたときに食べていたのはこし餡のちょっと硬い餅だったので、とろっとした柔らかい食感に驚いた。味噌餡自体、食べたのが初めてだった。

ちまきを作るついでに笹巻きも作ったので、それを泰山先生のところへ持っていくと、大喜びの奥さんから代わりに菖蒲《あやめ》の花をもらった。青紫の花は、はっとするほど鮮やかだった。

ゴールデンウィーク中の料理教室の振り替えを午後にお願いしていたので、早めに店にやって来た菜月とふたり、昼食を作った。

卵、ねぎ、戻したしいたけで中華スープを作る。

仕出し弁当に使ったごはんの残りをおむすびにしておいたので、それを揚げて、とろみをつけたスープを上からかける中華風おこげ雑炊を作る予定だった。これは以前、花柚さんが忙しいときにささっと作ってくれたもので、香ばしくておいしいのだ。

花柚さんが帰ってきたのは正午を少しまわった頃だった。

永谷氏も一緒だった。

清めの塩をかけたあと、永谷氏は菜月を見ると「来てたのか」と言いながら、足を止めず、そのますーっと店の奥に入っていった。会話の機会を与えまいとしているかのようなそっけなさだった。

それを敏感に感じ取ったらしい菜月が、花柚さんに訴える。

「永谷さんってわたしのこと避けてません⁉」

「え、そう？」

花柚さんは首をかしげたが、実際、永谷氏は菜月のことが苦手だと思う。

そもそもギャルっぽい見た目からしてダメなんだろうし、花柚さんは人前では必ず永谷氏を立てるけど、菜月は人前だろうが何だろうが、自分の訊きたいことを率直に訊いてくる上、はぐらかしても結構しつこいからだ。

桜狩りの帰り道なんか、菜月がしつこく永谷氏の気持ちを問いただすようなことをするから、喧嘩《けんか》のようになっていた。

やかんで湯をわかし、残っていたちまきと柏餅を折箱に移し替えながら、花柚さんは葬儀について語った。

「美津くんが泣くところ、初めて見たわ。それ見たら、また泣けてきちゃって」

出棺のときに、美津彦さんが突然ぼろぼろと涙をこぼしたそうで、「この道楽息子が⁉」的な衝撃もあいまって、みんなが泣きだしたのだという。

思い浮かべた光景はどことなくコミカルでもあったけれど、美津彦さんにとっての先生は、血がつながらなくても本当に育ての親も同じだったのだろうと思うとしみじみとしてしまった。

そして美津彦さんのことを少し信用できるような気がした。もちろん、今までだって親しみは感じていたけれども、面白いけどおかしい人、という印象が拭えず、共感や真摯なアドバイスをぼくは彼に対してまったく期待していなかったのだ。

「ブログに追悼文と、先生の本の紹介を載せようと思うの。すぐにやっちゃうわね」

ごはんができたら呼んで、と言って、花柚さんは奥にお茶と折箱を運んでいった。

本の紹介をするときに、本の画像を使用して通販サイトにリンクを貼れる機能があるというので、永谷氏にやってもらうのだそうだ。永谷氏はこれから会食の予定があるそうなので、彼の分の食事は不要ということだった。

少し時間がかかりそうだったので、ぼくと菜月はサラダに使う野菜の飾り切りにチャレンジしていた。

菜月はゆうやの件がきっかけで、最近飾り切りに熱中しているのだという。ネットで探したところ、花柚さんが教えてくれた花飾りのほかにも、もはや工作レベルじゃないかと思うような切り方がたくさんあって、それを家で練習してきたのだと言った。

菜月がトマトで薔薇を作って見せ、ぼくも負けじとそれを再現しようとした。

半分に切ったトマトの断面を下にして、薄く半月切りにする。

細かい作業をしていると、自然と無口になってくる。奥の和室での会話が聞こえてきた。

「なんだ、このパソコン。動作が遅すぎる」

「そうねえ」

「そうねえ、じゃない。買い換えろ。苛々《いらいら》する」

「遅いって言ったって、数秒単位の違いでしょ。かりかりしないで」

あの年代もののパソコンは、確かに重いのだ。

花柚さんに弁当の写真をアップしておいて、と言われると、ぼくはたいてい自分の携帯端末で処理していた。永谷氏と同じく、苛々してしまうからだ。

「なにやってる。ここだ」

「矢印が動かないのよ」

「マウスまで役立たずだ」

ごく薄くスライスしたトマトを、少しずつずらして帯状にして、ぐるりと巻くと薔薇の花のようになる。同じように、きゅうりを縦半分に切り、丸くなった方からV字型に切り込みを入れるのを繰り返してずらすと葉っぱのようになる。

きゅうりで木の葉を、トマトと生ハムで薔薇を作り、皿の上に飾りつける。

「なんか……凝ってて面白いからって、おいしそうに見えるとは限らないな」

腕を組んでぼくがつぶやくと、菜月も渋々うなずいた。

「うん……あんまりおいしそうに見えないね。飾り切りって。きれいだけど」

「でも、『わあ、すごい！』っていうのも料理には大事だよな」

「ゆうやは喜んでくれるよね」

ふと気づくと、和室から声が聞こえなくなっていた。タイプの音もしない。静まり返っているのに、菜月も気がついたらしい。不思議そうに背後を振り返った。

菜月におむすびを揚げてもらうことにして、ぼくは水道で手を洗い、廊下へ足を踏み入れた。

「花柚さん？」

声をかけてから和室をのぞく。

パソコンに向かい合って正座していた花柚さんは、振り返ってぼくの顔を見たけれど、ひどく狼狽していた。ぼくの登場で驚いたのではなく、もともと狼狽していたように見えた。デスクの脇に座っていた永谷氏も少し慌てた様子で、デスクの上に置いていた眼鏡をかけなおした。

それで、声をかけてはいけない場面だったと気づいたけれど、あとの祭りだ。

花柚さんが、永谷氏の手の中から自分の手を急いで引き抜き、口を開いた。

「なあに？」

「いや、静かになったから何かあったのかと……もうごはんできますよ」

ちょっとどぎまぎしながらぼくは言ったのだけど、花柚さんの方が動揺していた。

「そう。あとはわたしが文章を書くだけだから」

言いながら、花柚さんはあたふたと折箱にふたをして、手早く風呂敷で包んだ。

永谷氏の方に向き直り、改まった口調で言う。

「総くん、今日はありがとう」

永谷氏はしばらく黙って花柚さんの顔を見ていたけれど、立ち上がった。

厨房から店内へ移ると、それまで黙りこくっていた花柚さんがテーブルの上に目を留めた。

「あら、あの菖蒲は？　気づかなかったわ」

美的センスがないなりに、クリスタルの花瓶はなんか違うよな、と思って黒いシンプルな陶器の花瓶に活けたのだ。

「泰山先生の奥さんから、笹巻きのお礼です。すみません、言うの忘れてました」

「奥方が庭に植えているんだ。先生が水墨画で庭の絵を描いていたことがある」

永谷氏が淡々と言い、花柚さんがうなずく。

「先生、水墨画もなさるのね」

何事もなかったようなやり取りだった。こんなときだけふたりとも大人なのだった。

店の戸口まで来たところで、花柚さんは柏餅とちまきの入った風呂敷包みを差しだした。

「柏の葉は、新芽が出てくるまで古い葉が落ちないの。子どもが生まれるまで親は死なない。柏餅は、家が断絶しないで栄えるように、っていうおまじないなのね」

包みを受け取った永谷氏の顔を見上げたまま、静かに続ける。

「二つの家を一つにすることはできないものね」

淋しそうな微笑だった。

「わかった」

永谷氏は外を見たまま短く答えて、店を出ていく。

黒い喪服の背中に、五月の日差しが降り注ぐ。

花柚さんは戸口に立ったまま、その背中をずっと見送っていた。

子どもの頃、花柚さんが許嫁の永谷氏に贈ったという柏餅は、今ではその意味を大きく変えてしまったのだ。

# 5．紅《べに》花《ばな》栄《さかう》、練習帖と最後のお弁当

花柚さんのお弁当練習帖九十六冊は、五十二巻を境にして、前半と後半で内容が大きく変わっている。

前半は、先生から習った料理のメモとその復習、アレンジがほとんど。

後半には、お弁当の絵がたくさん出てきて（画力は子どもの頃から変わっていないようだ）、メニューの考案と試作が中心。

日付からざっと計算すると、その境目にあたるのは今から七年前、花柚さんが十六、七歳のとき。五月中旬からまるまる一か月、練習帖のページが更新されず、再開された六月十四日からお弁当案が登場しはじめるのだ。

おそらく、この空白がお兄さんの失踪が発覚した時期で、婚約の解消だったり、家の中での立場の変化だったり、「人生が変わるようなこと」が続いたのだろう。

許嫁の男の人のためだった料理は、方向性を変えざる得なくなり、不特定多数の誰か、弁当屋のお客さんのためのものへと、路線変更していったようだった。

人に歴史あり、だ。

料理を習いはじめて一年余りたった、五月下旬。ぼくは大学の購買で無地のノートを買った。

それまでぼくのお弁当練習帖はSNSの写真のみだったのだけど、その日初めてノートにつけることにしたのだった。

花柚さんに教わった料理については、花柚さんの練習帖を見れば作り方を確認できたし、記録だけなら写真のみで事足りた。でも、その日は初めて、自分でメニューを考案しようとしたのだ。アウトプットには紙に手書きの方がいい気がした。

揚げだし豆腐にうな重、いちご大福。筍ごはんに、菜の花の天ぷら。

花柚さんの好きなものを書きつけて、彼女の元気につながるような食事を考えた。

最初に予感したとおりに、花柚さんは悲しい思いをすることになった。

落ちこんでいる人、泣いている人に、他人ができることなんて本当は何もないのだと思う。心を慰めよう、何かしてやろう、と周りが思うのは、その人のためというよりは、何もできない自分に耐えられないからなんじゃないだろうか。

だからこれもある種の自己満足なんだろうけど、花柚さんのためにぼくができることは他になかったのだ。

返せるものは、花柚さんから教わった料理だけだった。

冷蔵庫に入れていたゆで豚の鍋を取りだし、ふたを取ると、表面が真っ白に固まっているのでびっくりする。

「これは豚の脂が固まったもの。旨みが詰まったラードだから、捨てずに取っておくの。野菜炒めを作るとき、最初に引く油の代わりに使うとおいしくなるわよ」

花柚さんはそう言って、箸で脂のかたまりを取り、タッパーに入れていく。

「おれ、角煮入りのカレー大好きなんですけど……こうやって見ると、脂どっさりだし、めっちゃカロリー高そうですね」

「おいしいものは太るのよ」

脂をこそげ取ったあとで、冷え切った鍋を常温に戻すために作業台に置いておく。


五月中旬、火曜日の午後。

店を閉めたあと、大学から戻ってきたぼくが花柚さんと明日の仕込みをしていると、裏口のドアをトントンとたたく音がした。

ドアを開け切るのを待たずに、ゆうやが飛びこんでくる。

連休中、店に姿を現さなかったゆうやは、「こんにちは」の挨拶が終わるかどうかのタイミングで、目をきらきらさせながら尋ねた。

「彗太、お前、京都タワー上ったことあるか？」

相変わらずの口のききようなんだけど、ノックするようになったぶん、成長したのだ。前は、勝手にドアを開けて入ってきていた。

「ないな。あれって、中入れるのか？」

コンロに戻り、味卵を作るために鍋に火をかけながらぼくは答える。

ゆうやはあきれたように言った。

「ばかだな。タワーなんだから上れるに決まってるよ」

「え、そうか……？」

タワー＝塔、で、塔は高いところから遠くまで見渡せるようにしたものだ、と考えると、確かにそうなのかもしれない。東京タワーもスカイツリーも上れるし。

小学二年生に無知を指摘されてしまった……。

「展望台だけじゃなくて、レストランも大浴場もあるのよ。わたしも幼稚園のとき、遠足で行ったわ。望遠鏡使うと、大阪城まで見えるの」

豚の角煮の仕込みを始めていた花柚さんが言うと、ゆうやが口をとがらせる。

「大阪城見えなかった。春は、遠くが見えにくいんだって。かすみで」

「あら、残念ね。でも、清水《きよみず》さんは見えたでしょう？」

「見た見た！　あと、お東さんも、おれん家の近くも」

ゆうやが指を折って、見えたものを列挙しはじめる。

「遠足、楽しかったんだな」

ぼくが安堵しながら言うと、ゆうやは恥ずかしそうに答えた。

「ママのお弁当、すごくかっこよかった」

「ゆうくんのママ、頑張ってくださっていたものね。写真、見せていただいたわ」

「新幹線入ってた！　ごはんが体で、窓と顔がのりでできてるんだ」

遠足の当日、店のメールアドレスに、ゆうやママが弁当の写真を送ってきてくれていた。最初に会ったときに泣いていたせいか、幸薄そうな印象が強かったのだけど、写真はめちゃくちゃデコってあって、「あ、この人、今どきのお母さんなんだな」とあらためて気づかされたような気がした。

ゆうやは新幹線とか電車のような乗り物が好きらしく、それに合わせたのだろう。ごはんと海苔で新幹線が形作ってあって、クッキー型で星形に型抜きしたにんじんや、花柚さんの教えた花飾り、星形の切り口を見せたオクラの肉巻き……と、彼女なりの装飾を凝らしたポップな弁当になっていた。

　桜狩りの日、ゆうやが大喜びだったのが母親としてもうれしかったらしく、時間を見つけてはネットで子ども向け弁当の研究をしていたらしい。

「毎日は無理だけど、たまのイベントくらいは頑張りたいと思います！」

　みたいなことがメールには書かれていた。

　別居中の旦那さんのこともあるし、生活が楽になったわけでもない。彼女がほとんどひとりで生活を回さなければならないことに代わりはない。だけど、メールは絵文字でいっぱいだったし、前向きな雰囲気に満ちていたのは良いことのように思えた。

「今日は、あの人いないのか」

　店の方をのぞきこんでいたゆうやが言った。

「美津くんのこと？」

「……うん」

「お前、淋しいのか」

「別に」

　ゆうやがぷいっと横を向く。可愛い。

「美津くんね、おばあさまが亡くなったから、しばらく来られないの」

「……おばあちゃん、死んじゃったの……?」

消え入りそうな声でゆうやが尋ね、花柚さんがうなずく。

「そう。わたしのお料理の先生でもあったのよ。しばらくはわたしと彗くんしかいなくて淋しいから、お友だちと遊ぶ約束やおうちの用事がなかったら、ゆうくんが来てね」

花柚さんが美津彦さんのお姉さんから聞いた話によると、彼は特に忙しいわけではなく、ただ無気力なのだという。「俺はババコンだから、しばらくは立ち直れない」などと言って、連日、離れで寝ているか本を読んでいるかで、大学にも行かない。

ただ、どうも美津彦さんの家族は、ちどり亭に入り浸っていたのを大学に行っていると勘違いしていたようなので、花柚さんは「場所が変わっただけで、結局いつもと変わらないのかも」と笑っていた。

そして、永谷氏はあの日から一度も姿を現さなかった。

もともと理由がなければ来ない人ではあったけれど、その理由というのは、本人と花柚さんがそれぞれに作っていたものなのだ。双方が、理由を作る努力をしなくなったということだった。

花柚さんの中にどんな変化があったのか、彼女は事業の規模を拡大することを考えはじめたようだった。

といっても、一日に作る弁当の数を増やす、という程度のことだったけれど。

最初はひとりで無理なく作れる数を、そしてぼくを雇ってからは一、五倍の数を……とこじんまりやっていたのだけど、最近は、お弁当箱を預けて予約していってくれるお客さんも増えた。

予約分がかなりの数をしめて、当日やって来たお客さんの分が足りなくなることもあったので、レジ対応しているぼくの意見を聞きつつ検討しているようだった。


五月の京都には葵祭《あおいまつり》があり、杜若《かきつばた》やつつじも見頃。新緑の美しい時期でもある。桜や紅葉の時期ほど人があふれてはいないけれど、行楽弁当の注文は多く、花柚さんとぼくは青もみじを添えた弁当をいくつも作った。

そうして、さわやかに晴れた五月の日々は淡々と過ぎていった。

「蛙始鳴《かわずはじめてなく》」、「蚯蚓出《みみずいずる》」、「竹笋生《たけのこしょうず》」。

街中に住んでいると、蛙の声を聞くことも、蚯蚓を目撃することもないし、筍はスーパーとちどり亭でしか見ない。だけど、カレンダーをめくっていると、そういう時期なんだな、と一時だけでも意識するようになる。田んぼにいる蛙や、青々とした竹林を思い浮かべる。

新じゃがいもや新玉ねぎと同じように、にんじんにも「新」があるのだということも初めて知った。一年中売っているから、旬なんて考えたこともなかったけど、春夏にんじんと冬にんじんがあるらしい。

「味がぼやけてる」

二週間ぶりに店にやって来た美津彦さんは、試作品を食べて言った。

「そうですか？　さっき食べたらおいしかったですけど」

美津彦さんが食べたのは、えのきとにんじんの胡麻炒めで、新しく花柚さんがメニューに入れようと思っていたものだった。

「お弁当なんだから、直後においしいだけじゃダメなのよ」

花柚さんが練習帖にメモを取りながら説明した。

彼女は試作品を作るときも、材料の分量をきちんと量り、その都度記録している。奇跡的においしいものができても、目分量ではそのバランスを再現できないからだ。

「新にんじんは、みずみずしくておいしいんだけど、そのぶん水が出るのよね。もう少し味を濃くして……お揚げも入れようかしら。水を吸ってくれるし」

美津彦さんは毎回花柚さんの作ったものに文句をつけ、花柚さんはそれを素直に聞く。先生の料理で育った彼の舌を信じているのだろう。

ぼくももう一度食べてみたけれど、さっきとの違いはよくわからない。

テーブルの上には、にんじんとクルミのサラダ、にんじんと大葉の明太子和え、にんじんのマリネ……とにんじんメニューが並んでいて、食べているうちにどれがどれだかわからなくなってくる。

「うーん……お揚げ入れてもう一回作るわね」

花柚さんが厨房に行き、ぼくはこれ幸いに、声をひそめて永谷氏が最後に来た日のこと、最近の花柚さんの様子を美津彦さんに向かって手短に話した。

野次馬的な興味がまったくないとは言わないけれど、つまり、ぼくは不安なのだと思う。花柚さんが無邪気で、ある意味泰然としていてくれないと、落ち着かないのだ。

美津彦さんは、肩をそびやかした。

「あれでも一応大人なんだから、放っておけ」

彼は意外に冷淡だった。ぼくと菜月の件では、花見の場所を封鎖しろだの鍵穴に蠟を流しこめだの、しょうもない口出しをしていたのに。

ぼくの表情から不満を読み取ったらしく、美津彦さんは説明した。

「総一郎はもうじいさんの養子になってるし、半分跡を継いでるようなものだ。だから花柚が折れないなら、どうしようもない」

「え、え？　なんですか、養子って。血つながってないんですか？」

「いや？・相続税対策だ。あと、花柚の兄みたいなことがあると困るから、早めに手を打ったんだろう」

親から子へ、子から孫へ、と相続すると相続税がかさんで財産が目減りするので、戸籍上、孫を祖父母の養子にして直接相続させることにする。これは節税の方法として資産家の家ではよくあることらしかった。

永谷氏は二十歳のときに本人同意のもとでおじいさんの養子になっていて、生前贈与の形ですでに自分名義の不動産を持っているのだという。つまり、花柚さんよりも永谷氏の方が家に取りこまれていて、身動きが取れないということだった。

「花柚の兄が帰ってきて跡を継ぐと言いだしたら万事解決だが、そんな都合のいいことはない。花柚は家と総一郎のどちらかしか選べない。俺は花柚に選び直すチャンスを作ってやったつもりだが、結果として本人が選んだんだ。周りがあれこれ言うようなことではない」

お前はおかしいと思っているだろうが、それは戦後の恋愛結婚至上主義に毒されているからだ、もともと花柚は総一郎が別の女と結婚する前提で話をしていたじゃないか、と美津彦さんは淡々と言うのだった。

花柚さんの選んだことだと言われれば、そのとおりだった。本当にそのとおり、なのだけれど。


久々に永谷氏が現れたのは、五月も下旬に差し掛かった早朝だった。

開店間もない時間帯で、花柚さんは厨房でせっせとおむすびを作っていた。

「呼ばなくていい」

永谷氏は、ぼくの言葉を封じるように短く言い、今週土曜の昼に仕出しを頼みたいと続けた。

予定表を見ると、空いている。

というのも、このところ、花柚さんは毎週の習慣だった見合いを休んでいて、引き受けられる弁当の数が増えていたからだった。見合いを休んだ理由というのが「もう疲れたわ」で、ますますぼくを不安にさせていたのだ。

十三時の配達以外なら大丈夫だと伝えると、永谷氏は手早く申し込み用紙を記入し、前払いで会計を済ませ、ついでに弁当を買って帰った。

花柚さんと顔を合わせたくないんだろうなあ……と人ごとながら暗い気分で、残された申し込み用紙を見た。

届け先が永谷謙一郎《けんいちろう》、となっているので、たぶん永谷氏の自宅だ。名前はおじいさんかお父さんのものだろう。

住所は下鴨《しもがも》。

ちょっと値の張る華やかな藤御膳を七人前。容器指定は漆器、回収を依頼。

藤御膳とか桜御膳というのは、商品の品数や食材の内容を反映した値段のランクを表しているだけで、見本の写真そのままを出すわけではない。利用目的や個別の要望に合わせて、内容は変えるのだ。

利用場面のスペースを見ると、「慶事」のチェックボックスに印が付いている。その下の枝分かれしたチェックボックスを見て、目の前が暗くなるような気がした。

「誕生日」「長寿」「行楽」……と項目が並んでいる中、「結婚」に印が付いている。

要望欄には、書道の先生みたいな永谷氏の端整な字で、こんなことが書かれていた。

「洋食寄りの内容で、米飯は箸休め程度の量。老人がいるので硬すぎるものや餅は避け、海老と甘いものを入れてほしい」

花柚さんに見せたくないけど、見せないわけにもいかない。なにしろメニューを決め、調理のメインを務めるのは花柚さんなのだから。

それで客足のピークを過ぎた休憩時間に恐る恐る見せたのだけど、花柚さんは例の感情の読めない顔で「そう」と言ったきりだった。

胃が痛くなりそうだった。

「ああ、芦屋《あしや》のご令嬢だろ。桜狩りの前日に見合いしてた」

午後、店にやって来た美津彦さんは、申し込み用紙を見るなりそう言った。

口に出してしまってから、花柚さんとぼくの顔を見て、口をつぐむ。

「……まだ言ってなかったのか。今のは聞かなかったことにしてくれ」

めずらしく慌てた様子で話を打ち切ろうとする。そそくさと帰ろうとした美津彦さんの腕をつかみ、ぼくは声を低くした。

「そんなの無理ってわかってますよね。知ってること、話してください」

花柚さんが訊きたくても訊けないだろうと思い、代わりに強硬な姿勢に出る。

「いや、まだ本決まりじゃないんだ」

「美津くん」

逃げようとする美津彦さんを、静かに花柚さんが呼んだ。

「総くんのおうち、出入りの仕出し屋さんは『みその』さんだから、婚礼会席は後日あらためてそちらに頼むと思うわ。今回はきっと、その前段階の顔合わせよね。わたしが総くんのためにお弁当を作るのは、きっとこれが最後なのよ」

最近はレストランやホテルで済ませることが多いらしいけれど、古くからの風習を守っている家では、両家顔合わせや結納を自宅で仕出し料理を取って行う。

そういうときは、「巻きするめ」や「結び昆布」、「数の子」などの伝統的な縁起物を盛りこんだ和食になる。今回は若いお嫁さんの口に合うように、もう少しカジュアルに、洋食を指定してきたのだろうと花柚さんは推測した。

「わたしは総くんのために、泰山先生と奥さまに喜んでいただきたかったわ。同じように、お嫁さんの好きなものが分かっているなら、それを入れたいと思っているの」

花柚さんの声があんまりにも静かで、美津彦さんもそれに気おされたのかどうか、しぶしぶ席に戻った。

「さっきも言ったが、まだ本決まりじゃないんだ。おれは総一郎から直接聞いたが、外にはまだ言ってないことだから、聞いたことは黙っていてくれ。まだ破談になる可能性がないとは言えないし」

美津彦さんの語ったところ、事情はこういうことのようだった。

以前、花柚さんが話していたように、このところ永谷家のおじいさんの具合がよくなかった。彼の要望により、永谷家では総一郎氏の結婚を焦る気持ちがあった。

総一郎氏もその意を汲んで、親類が持ってくる見合い話に応じていたが、相手の家に問題があったり、本人同士が気乗りしなかったりでなかなか話が進まない。

桜狩りの前日、総一郎氏は見合いで兵庫まで行くと言っていた。その見合い相手だった芦屋在住の地主のご令嬢（二十三歳）は、美津彦さんいわく「幸いなことに面食いで、総一郎のあの偉そうな態度も帳消しにできるらしく」、ずいぶん総一郎氏を気に入ったようだった。その上、同席した父親同士が意気投合して、話が進んでしまった。

「いや、父親同士の気が合っても仕方ないじゃないですか！」

ぼくは言ったが、花柚さんは何とも思わなかったらしい。

「結婚は家と家の結びつきなんだから、当たり前でしょう」

ぼくにとっては全然当たり前じゃないんだけど……。

永谷家は相手の家について調べたが、特に問題も見つからない。先方は多産の家系だというので、祖父や父親はむしろ積極的に話を進めたいようである。

総一郎氏は、父親たちの勢いに危機感を抱いて、

「藤沢先生の具合も悪いことだし、こうはしゃいでいては白河家に失礼である。自分にも思うところがあるから、一週間、話を進めずに保留にしてくれ」

とストップをかけた。

「『思うところ』が何だったのか知らんが、結局、観念したようだ。土曜日は、とりあえずご令嬢と母親が家に来るらしい」

美津彦さんの説明に、花柚さんが指を折る。

「総くんの家は五人家族。お相手のお嬢さまとお母さまで、ちょうど七人ね」

藤沢先生の葬儀の日のことを思いだし、ぼくはどんよりした気分になった。

永谷氏と花柚さんが奥の和室にふたりきりでいた、あのときがたぶん、分岐点だったのだ。

芦屋のご令嬢との結婚は、永谷家にとってはこの上ない良縁だったようだ。それで

も永谷氏がストップをかけたのは、やっぱり気持ちが元許嫁の花柚さんに向いていたからなのだろう。永谷氏は勝負に出たに違いない。だけど、家を継がなければならない花柚さんはそれをはねつけてしまった……。

花柚さんは、内心どう思っているのかまったく見せないまま、首をかしげた。

「美津くんはそのお嬢さまのこと、よく知らないのね。好きなものがあるなら入れてさしあげたいのだけど……総くんにそれとなく聞いてみてくれない？」

「断る。あいつは最近、苛々していて近寄りたくないんだ。海老と甘いもの、とあるから、それが好物なんだろう。あそこの家は、ご母堂以外甘いものを食べないし」

「うーん……ごはんは箸休め程度、ってことは、たぶんお酒が出るんだと思うわ。点心みたいなイメージで組み立てた方がいいのかも」

結婚相手の家へ行くときの手土産は、「包む」に通じる饅頭《まんじゅう》はいいけれど、「切る」に通じる羊羹《ようかん》やカステラはだめ、なんていう話をして、花柚さんはああでもない、こうでもない、とメニュー案を口にした。

翌日、学生会館のフリースペースで菜月と並んで弁当を食べながら、ぼくは永谷氏の婚約の話をした。

金曜日の昼は、菜月と一緒におたがいの作った弁当を交換して食べることになっていた。四月の初め、ふたりとも午後一番のコマが空いていることがわかって、菜月が言いだしたのだ。そのときは、

「毎週待ち合わせて一緒に昼飯食うとか……なにそれ、彼氏彼女っぽい！」

と舞い上がっていたのだが、菜月にそんな意図はない、ということは早々にわかってしまった。

花柚さんのところに通いはじめてから、料理のモチベーションが上がっている、というだけのことで、ぼくは彼女にとって完全に「料理仲間」であるらしかった。まったく、がっかりだった。

だけど、理由はどうあれ、毎週約束をして会えるのだし、菜月はわざわざ五分以上かけてメインキャンパスから移動してきてくれるわけだし、彼女が自分のために作ってくれたものを食べるというのはうれしいことだ。

作る側としても、なかなか新鮮な体験だった。自分のための弁当だと、「豚肉の生姜焼きをごはんの上にドーン！　あとはキャベツ炒めとミニトマト」とか、「親子丼

オンリー！」みたいになりがちだけど、菜月が食べると思うと、ちょっと野菜も足して、常備菜で品数も増やして、食べやすく小さ目に切って……と少しは工夫もする。「夕飯の残り物でＯＫ」という約束だったので、そんなに負担感もない。

そんなわけで、彼女が作ったチキンと卵のサンドイッチを食べながら話をしたのだけど、菜月は「むかー！」と口で言ったかと思ったら、烈火のごとく怒りだした。

「永谷さんって最低!!　振られたからって、元婚約者に結婚祝いの食事を作らせるとか、陰険すぎるでしょ!!」

「うーん……嫌がらせじゃないと思うけど……」

永谷氏が注文した藤御膳は、ちどり亭の仕出しメニューの中ではいちばん値の張るものだ。それを七人前も注文したのだ。

これまでの彼の行動パターンから考えても、花柚さんへの当てつけだとは思えない。まじめな人だし、結婚したらきっぱりと花柚さんとの接触を断つに違いなかった。彼としては、元許嫁の店に対する最後の支援のつもりなのだと思う。

「そんなのわかんないじゃん！」

菜月が口をとがらせる。

「わたし、最初に会ったときから、ちょっとイヤだった。だってあの人、花柚さんに対してすっごく偉そうなんだもん！　恋人でもないのに！」

「いや、あの人、おれや美津彦さんに対しても偉そうだよ……」

「だいたい、見合い相手キープして、花柚さんに言い寄るっていうのもどうなの⁉」

「見合いはあの人たちの仕事だし……」

なぜかへどもどしながら永谷氏をかばうようなことを言ってしまう。

花柚さんも悪いよな、という気持ちがあるのだった。

相手のために労も顧みずに駆け回って、店に来ると聞けばわざわざ好物を用意していた。永谷氏を見る目はきらきらしていたし、あんな態度を取られたら勘違いするに決まってる。いや、勘違いじゃないから、なお悪い。

もちろん、花柚さんは「家付き娘」の使命を背負っているのだから、簡単には応じられないのだろう。だけど、今までの態度が態度だったたし、藤沢先生の遺言のこともあるし、ぼくもてっきりその使命より永谷氏の方を選ぶと思っていたのだ。

「あー！　あー！　むかつくー‼」

あけっぴろげにわめき散らしたあと、菜月はすうっと真顔に戻った。

「ごはんがおいしくなっちゃうから、やめよう」

そう言って、ぼくの作った海苔弁をおいしいおいしいと言って食べた。

この海苔弁は小泉家のレシピ。

ぼくが帰省したときに母から作り方を聞いて、花柚さんにも教えた。彼女は海苔弁を食べたことがなかったのだ。

ほうれん草か小松菜でおひたしを作り、水気を切って、細かく刻む。甘く味付けしたいり卵と、醤油で味付けしたおかか（奮発して、ほぐし鮭でもいい）を準備し、おひたし↓ごはん↓揉んで細かくした味付け海苔↓炒り卵↓ごはん↓おかか（または鮭）↓揉み海苔の順に重ねる。

海苔を一枚で置くと食べるときにすぐにはがれたりくずれたりしてしまうけど、揉み海苔だったら垂直に食べることができる。端から順に食べていくと、緑・黄・茶（ピンク）の断面が見えるのだ。

これは花柚さんも気に入ってくれて、多少のアレンジを加えてちどり亭のメニューに入れていた。

「こうやって怒ったり苛々したり、悲しくなったりするから、恋愛っていやだね」

回鍋肉《ホイコーロー》のキャベツを口に運びながら、菜月がセンチメンタルなことを言いだした。

「まあ、そういうこともあるけど……楽しいこともあるだろ」

「楽しいことって何」

「こう……一緒にメシ食ったりとか」

ぼくの予想。
①スルーされる、②冗談にされる、③びっくりされる。
――だったのだけど、どれにも当てはまらなかった。

「そうだね……」

言いながら菜月は急に落ち着きを失い、うつむきがちにキャベツを咀嚼しはじめた。

それでぼくは、今になって初めて気づく。オムライスを届けに行ったときに言ったことは聞き流されていなかったのだ。

自分の中では、あれは不発弾であり、なかったことになっていたので、急に恥ずかしくなってくる。神戸に誘ったのなんか、菜月からすると下心丸出しに見えたんじゃないだろうか。それに、不発弾じゃなかったとすると、この二か月あまりの菜月の態度はいったいどういう意味を持ってくるんだろう。

考えはじめたら、居ても立ってもいられないような気分になってくる。

「えーっと……来週の土曜、昼間は暇？」

胸のうちの混乱を断ち切るつもりで、ぼくは話題を変えた。

「その、永谷家に仕出しに行く日なんだけど、もし暇だったら、買い物を頼みたい」

菜月は携帯端末を取りだして、スケジュール表を見ている。

「バイト、三時からだから大丈夫だよ」

「一時に別の配達に行くから、事前に仕込みして、花柚さんに何か作るつもり。花柚さん、何考えてるかわかんないけど、少なくとも楽しくはないと思うし。好きなもの食べたらちょっと元気になるかもって思うんだよな。……ワンパターンだけど」

バッグの中には、さっき購買で買ってきたばかりの無地のノートが入っている。

これまでは教えられたものを教えられたとおりに作っていたけれど、今回はちょっと考えようと思ったのだ。

例えば、花柚さんの好きな、うな重と筍ごはん。同時に出すこともできるけど、ボリューム的にそんなに食べられないだろう。彼女の好きなものの要素を組み合わせて、一度に食べて元気になれるような、新しいメニューを考えようと思ったのだ。

菜月はまん丸い目でぼくの顔を見上げた。

「いいんじゃない？　悲しいときって、食べ物が喉通らないってこともあるけど、やっぱりおなかはすくし。泣いてても、おいしいものはやっぱりおいしいし。オムライスもうれしかったよ」

ちょっと恥ずかしそうに菜月が言った。

だしに使ってしまったようで花柚さんには申し訳ないけれど、胸の内がちょっと甘くなった。

カレンダーの「季節の言葉」は「紅花栄《べにばなさかう》」になり、花柚さんは近所の生花店で買った紅花を花瓶に活けていた。

花びらは黄色、根本に近づくほど赤いという不思議な色合いをした花だ。全体が赤い花もあれば、黄色い花もある。最初は黄色くて、徐々に赤くなっていくのだという。

「『源氏《げんじ》物語《ものがたり》』の『末摘花《すえつむはな》』はこの花のことよ」

菜月が料理教室に来た日には、そんなことを言っていた。

赤く染まるというところから、和歌では「恋心をあらわにする」ということの比喩表現として使われるそうだ。

その週の花柚さんは、ほとんど毎日、永谷家への仕出し弁当のメニュー候補を、試作をかねてふだんの弁当のメニューに織り交ぜていた。

「洋食寄りって要望だから、メインはやっぱりハンバーグかしら。評判もいいし」

花柚さんは毎日、店を閉めてから練習帖にあれこれ書きつけて考えていた。

ちどり亭のハンバーグは、パン粉の代わりに麩を使っているのが特徴。

牛乳に浸した麩はパン粉よりも保水力が高くて、肉汁を吸いこんでくれる。おまけに、肉だねの表面にうっすら小麦粉をふりかけて焼いているので、表面がコーティングされて水分が外へ出にくくなっている。

だから、嚙むとじゅわーっと肉汁が出てくる、ジューシーなハンバーグに仕上がっているのだ。

「あとは、海老のフリッターね。ふつうの衣と、食紅を混ぜたピンク色の衣の二種類作って、紅白でお祝いのムードを出すの。見た目も可愛いから、女の人には喜ばれると思うわ」

海老のフリッターもぼくの好きなメニューの一つだ。

表面がサクッとしていて、中はふわふわ。これが弁当に入っている日は、まかないで余りを食べられるのが楽しみだった。

しかし今回は、ぼくの気分も弾まない。

「最近はもう気温が高いから、デザートは生のフルーツじゃない方がいいわね。食中毒も怖いし。これがいちばん悩むわ。総くんみたいに甘いものが苦手な人でも食べられるものにしないと」

花柚さんの一週間は、永谷家の顔合わせの日を中心に動いていた。

甘夏を上から三分の一のところで切り分け、上下ともに中身をくり抜く。下にはゼリーを流し入れ、上には、すかし彫りのような窓を作って籠のような形にする。

花柚さんは精力的に試作を繰り返していて、むしろ楽しそうに見える。どんな事情であっても、お弁当を作るのは楽しいんだろうか。

ぼくは別に永谷氏のことが嫌いじゃないけれど、永谷氏がらみになると、花柚さんの考えていることがさっぱりわからなくなるので嫌だった。

おいしい天ぷらを揚げるこつは、衣の材料をよく冷やすこと。

水はもちろん、小麦粉も冷蔵庫でよく冷やしておく。そして、混ぜすぎない。どちらも、小麦粉に粘りが出るのを防ぐため。

衣をさくさくにしたいときは、卵の代わりに酢を使う。酢もまた粘りが出るのを防いでくれる。

油の温度は、だいたい百八十度。衣液を先につけた菜箸を油を入れた鍋の上でひと振りして、そのしずくが鍋底まで落ちず、表面でパッと散ったらＯＫ。

木曜日の夜、下宿先のアパートでひとり、家ではめったに作らない揚げ物をした。花柚さんのための料理の試作だ。

菜の花と海老を衣液にくぐらせて、次々に油に入れていく。

禅宗では料理も修行の一環なのだ、という話を以前美津彦さんから聞いた。それが、何となく理解できるような気がした。

料理をしているときは、無心なのだ。

材料を揃えて手順を確認したら、もう何も考えることはない。

菜の花は洗ってしっかり水気を拭き取り、海老のわたを取って、重曹を揉みこむ。よく冷やした衣の材料を混ぜて、油を熱し、具材を衣液にくぐらせる。

その作業の間、心の中は空白だ。ただ目の前の作業に集中できる。淡々と、システマチックに。でも胸のうちは、決して冷たくならない。

花柚さんがせっせと試作品を作っていた理由も、わかった気がした。

どんなに悲しいことがあっても、料理をしている間はそれを横へ置いておける。

ついに土曜日がやって来た。

朝から小雨が降っては止み、止んでは降ってを繰り返している。

早朝の弁当販売のない週末は、時間がゆったり流れている。

「総くんの家に十一時でしょ。彗くん、そのあとまた配達に行ってもらってもいい？　わたし、総くんの家から帰ってきたらすぐに春巻きを揚げるわ。彗くんはごはんの第二弾を炊いてね。お米は、総くんの家に行く前に研いで笊にあげておいて」

一緒に朝食を取ったあと、材料を作業台の上にすべて並べ、花柚さんは言った。

その日は、永谷氏からの注文のほか、二件の予約が入っていた。

正午に会食用オードブルを五人前、店まで取りに来てもらう。十三時に会議用弁当十人前を配達する。

「永谷さん家、花柚さんも行くんですか？」

「ええ。お祝いだもの」

花柚さんは当然だと言わんばかりの口ぶりで答え、永谷家への仕出しの調理を進め、その合間に昼の弁当の仕込みをする。

炊き上がった羽釜のごはんを、いつものように下から上へとひっくり返す要領で混ぜ、釜ごと作業台に運んであらかじめ濡らしておいた寿司桶《すしおけ》に移す。寿司桶を濡らしておくのは、酢が桶に吸収されてしまうのを防ぐため。

ごはんが熱いうちに、事前に作っておいた寿司酢をしゃもじに伝わせながら回しかける。うちわであおいで水分を飛ばし、米につやを出す。

もう一度混ぜたら、乾燥しないように濡れ布巾をかぶせ、和え物の準備をする。

いつものことながら、厨房は暑い。ごはんを炊いた羽釜の蒸気と熱が充満している し、花柚さんはじゅうじゅう音をさせながら、フライパンでハンバーグを焼いている。このあとにはフリッターを揚げるので、ますます熱くなる。窓を開けているけれど、空気の入れ替えが追いつかない。

上着を脱ぎ、Tシャツとジーンズだけになって、頭に巻いた手拭いの端で汗を拭う。和え物を仕上げ、まだ熱が残っているうちに寿司飯を小さく丸くまとめて、キッチンバットの上に並べていく。

手毬寿司を作るのだ。

永谷家は三個×七人分、もう一件の会食は六個×五人分で合計五十一個作らなければならない。同じ大きさに揃えるのが難しくて神経を使う。

「婚礼関係の仕出し料理は、ぱっと見て数えられるものは全部奇数にするの。ご祝儀のお札の数を奇数にするのと同じ。割り切れないように」

調理台で揚げたフリッターをキッチンバットに載せながら、花柚さんが説明する。

「結婚するまでは、お出しする飲み物も、お茶じゃなくて桜湯」

「え、お茶ダメなんですか？」

「出したからって大事にはならないわよ。ただ、縁起をかつぐってことね。桜湯は、花が末広がりに開いて縁起がいい。お茶は、『お茶を濁す』とか『茶番』につながるから結婚の場にはよくないのね。お茶ではなくて桜湯を出すのは、『ごまかさずにこの結婚に向き合います！』って意思表示」

「ああ〜……なんか、本当にいろいろルールがあるんですね。やっちゃいけないこととか、縁起物とか」

「でも、一生に一度のことだから、万全を期したいって気持ちはわかる気がするわ」

完全に他人事《ひとごと》のような口調で感想を述べ、花柚さんが作業台にやって来る。

手毬寿司の飾りつけだ。

熱の取れた酢飯に、具材を巻き付けていく。薄切りにして胡麻油と醤油でナムル風の味付けをしたきゅうり、錦糸卵、スライスサーモン。トッピングは白胡麻、いくら、木の芽。

きれいに巻くのが難しいきゅうりとサーモンを花柚さんが、作業の簡単な錦糸卵をぼくが担当することにする。

伏し目がちに黙々と作業するとき、花柚さんは、普段とは違う静けさと透明感を漂わせている。その手際のよさも含めて、いつまでも見ていたいような感じがする。

永谷氏はこの花柚さんの姿を見たことがなかっただろうし、きっとこれから見ることもないのだ。そう思うと、残念だった。

キッチンバットの上に、次々と手毬寿司が並んでいく。

透きとおる薄緑のきゅうりに、つやつやしたオレンジ色のサーモン、鮮やかな黄色の錦糸卵。その名前のとおりに毬のように可愛らしく、華やかな料理だ。

「あとは詰めるだけですね」

最後の錦糸卵を酢飯の表面にまぶして、いくらを載せる。顔を上げたぼくは言葉を失った。

同じように最後の手毬寿司を並べた花柚さんが、目からぽろぽろ涙をこぼしていたのだった。

「花柚さん……」

「た、玉ねぎが、目に染みて……」

「……いや、玉ねぎ切ったの、三時間前ですし」

確かに、花柚さんはハンバーグに入れるための玉ねぎをみじん切りにしていた。けれどそれは、朝食の前のことだ。炒めた直後の玉ねぎを肉と混ぜると熱で肉の風味が失われるし傷みやすくなるので、先に炒めて冷やしておいたのだ。

あまりにも無理のある言い訳にあきれてしまう。

戸棚から新しいタオルを取ってきて差しだすと、花柚さんはありがとうと涙声で言いながらタオルを顔に押し当てた。そして、何回か、肩で大きく息をした。

「わたしがもともとお料理を習いはじめたの、総くんと結婚したときのためだったでしょ。総くんのためにお弁当を作るのは、もうこれで最後。二度とないんだなあって思ったら、感極まっちゃって」

鼻をぐずぐずいわせながらも、きっぱりした口調で説明する。

「お祝いしたいって気持ちは本当にあるのよ。……でも、やっぱりあまり会わない方が良かったのね」

花柚さんが言いながら、また新たに涙をこぼす。

「花柚さん……」

「お願い、総くんに余計なことを言わないで。ああいうおうちで、長男にしかるべきお嫁さんを見つけるのは、本当に本当に大変なことなのよ」

花柚さんはタオルを目元に押し当てると、気持ちを切り替えるように深呼吸した。タオルを置き、棚の上に積み上げてあった正方形のお重を持ってくる。

あとは、何事もなかったかのような素振りでふたを取って、作業台に並べていく。

許嫁だった男の人のための最後の弁当。だからこそ、やり遂げるつもりなのだ。

十時半ごろに、菜月が店にやって来た。

「ちょー暇なんです。何か手伝うことあります？」

名目はそれだったけど、バッグの中に買ってきたいちご大福を隠し持っているはずだ。幸か不幸か、永谷氏のおかげで花柚さんの好きなお店がわかっていたので、そこまで買いに行っていたのだ。

「まあ、ありがとう。これから配達に行くから、今すぐやってもらう作業はないんだけど……万が一、わたしたちの帰りが遅くなったら、お願いしたいことがあるの。十二時ごろに、お客さまがオードブルを取りにいらっしゃるから、厨房に置いてある風呂敷包みを渡してくれる？ お代はもういただいているから」

そう言って、花柚さんは割烹着を脱ぎ、化粧直しをした。今日の彼女は、光沢のある青磁色に縞模様の入った着物を着て、銀糸で花を刺繍した黒い帯を締めていた。

ぼくは配達用の軽自動車にお重の入った番重を積みこむ。雨除けのシートもかけたし、準備万端だ。

永谷氏の家は下鴨にあった。賀茂《かも》川と高野《たかの》川に挟まれた、京都のお屋敷街として有名なところだ。

ぼくの通う大学から近い。永谷家を起点にして考えると、大学、府庁、ちどり亭の順に遠ざかっていく。車で通勤していたようだからたいした距離じゃないと思うけれど、彼は毎回遠回りしてちどり亭に来ていたのだった。

雲に覆われた空は奇妙に明るくて、だけど小雨が絶えず降り注いでいた。

川を渡り、河原町通《かわらまちどおり》が下鴨本通に名前を変えるあたりから、花柚さんはまためそめそ泣きだして、「もういいから、車で待っててください」「いいえ、行く」というやり取りを繰り返した。

カーナビを頼りに住宅街を進む。美津彦さんの家の近辺とは趣が違う。区画整理されているのか、大邸宅は少ないけれど、よく手入れされた庭が並んでいた。

やがて白壁と竹林に囲まれた屋敷が見えてきた。ひときわ由緒ありげな邸宅だった。花柚さんの指示で裏に回り、車を停める。

ぼくがトランクから番重を出している間に、花柚さんは裏口の呼び鈴を鳴らした。応対に出たのはエプロンをつけた中年の女性で、どうやらお手伝いさんらしかった。花柚さんとは顔見知りらしく、久しぶりの対面できゃっきゃと盛り上がっていた。

声を聞きつけたのか、永谷氏が出てきた。

淡いグレーのサマーニットと黒いパンツを着ていて、いつもの黒縁眼鏡をかけていた。結婚相手が挨拶に来るのだから、もう少し改まった格好をしているのかと思いきや、意外にラフだ。

永谷氏は花柚さんの顔を見ると一瞬気まずそうな顔をしたものの、いつもの高圧的な口調で尋ねた。

「その顔はどうした」

明らかに泣いた形跡があったからだけど、さすがのぼくもムッとした。

申し込み用紙の「結婚」にチェックを入れて出したのだし、理由くらい予想できるだろうに。性格悪すぎだろう。

「ついうっかり『フランダースの犬』のアニメを見ちゃって……」

花柚さんがまたしょうもない言い訳をする。そして、ふいに改まった調子で言った。

「急ぎの用がありますので、わたしはこれで失礼します。このたびは、本当におめでとうございます」

花柚さんは優雅なしぐさで頭を下げたかと思うと、ぱっと身を翻して出ていってしまう。永谷氏がいぶかしげに眉をひそめた。

ぼくは慌てて番重をお手伝いさんに差しだす。

「あ、これ、ご予約の藤御膳です。漆器の引き取りは十三時過ぎでしたよね。よろしくお願いします」

そそくさと逃げだそうとしたら、閉めようとしたドアが動かなくなった。三和土《たたき》に下りてきた永谷氏が、手でドアを押さえていた。

「ちょっと出てきます」

お手伝いさんに言い置いてから、永谷氏がぼくの後について出てくる。

そしてぼくは、勝手口のドアの外で仏頂面の永谷氏に恫喝《どうかつ》された。

「──説明しろ」

「いや、あの、フランダースの犬が」

「……」

「じゃなくて、花柚さん、体調悪いみたいで」

「……」

「すいません、すいません、嘘です」

無言で威嚇されて、すぐに白状してしまう。

黙ってこっちを見下ろしているだけなのに威圧感があって怖いのだ。ゆうやがおびえる気持ちがわかる。

「あの、美津彦さんにはまだ秘密だって言われたんですけど……ほんと、おめでとうございます」

永谷氏が眉を寄せた。

「どうして口止めするんだ。別に隠してない」

「まだ本決まりじゃないからって」

「何が」

「結婚されるんですよね。芦屋のお嬢さまと。お父さんが地主だっていう」

あたりが静まり返る。雨音が、急に存在を主張しはじめる。

ぼくはかいつまんで美津彦さんから聞いた話をした。言葉を重ねれば重ねるほど、永谷氏の眉間のしわが深くなる。怖いからやめてほしい。

永谷氏が左手を突きだした。

「車の鍵をよこせ」

「あ、え、はい」

ぼくの差しだした鍵を奪い取り、永谷氏はずんずんと敷石を踏んで進み、裏木戸を開ける。車の助手席にいた花柚さんは、永谷氏の姿を認めると、慌ててドアを開けて逃げだそうとした。

「逃げるな」

永谷氏が怒気をはらんだ声で言い、有無を言わせない調子で続ける。

「車に戻れ」

顔をそむけたまま花柚さんがしぶしぶ助手席に戻る。鍵に反応してロックが解除され、永谷氏が運転席のドアを開けた。

雨も降っているし、永谷邸に戻るのもおかしいので、仕方なくぼくも後部座席に座る。

助手席の花柚さんが、またさめざめと泣きだす。

運転席に座った永谷氏は、雨に濡れた眼鏡を外して拭き、一度ため息をついた。そして花柚さんに向かって怒りだした。

「お前は何回美津彦にだまされたら気がすむんだ！」

「何なの、急に怒鳴らないで！」

ここ数日間の鬱憤が爆発したのか、花柚さんが言い返す。それに呼応したように永谷氏が声を大きくする。

「何が芦屋だ！　あいつの言ったことは全部嘘だぞ！」

「えっ」

「……えっ」

ぼくも思わず声を上げてしまう。運転席にかじりつくようにして尋ねた。

「え、え、でも、申し込み用紙、『結婚』にチェック入ってましたよね⁉」

「今日はうちの両親の結婚記念日だ。三十回目の」

「おじいさんの具合が悪いって」

「確かに悪い」

「桜狩りの前日にお見合いしてましたよね」

「兵庫は兵庫だが、芦屋じゃない」

「海老って」

「うちの父の好物」

「洋食は」

「母が好きだ」


ぼくと永谷氏の問答を聞いている間に、花柚さんはようやく混乱から立ち直ったらしい。怒りだした。


「甘いものって何なの、嫌いだからっていつも頼まないじゃない！」

「母は好きだって言ってるだろ！　母がいつもみんなに遠慮して抜いてもらってるから、今日は入れたんだ。今日は叔母《おば》もいるし」

「七人って誰！」

「うちの家族と父の妹夫婦だ」

「ちゃんと結婚記念日って書いて！　まぎらわしいわね!!」

「じゃあ記念日って項目を作れ!!　あてはまるのがあれしかなかったじゃないか！」


信じられない。

「おじいさんの具合が悪い」も「桜狩りの前日に兵庫で見合い」も、事実だった。花柚さんから申し込み用紙を見せられた、その後の数秒間で、美津彦さんは虚実を織り交ぜて即興であれだけの嘘を作り上げたのだ。芦屋だの多産の家系だの、ディテールまで作りこんで。ふたりが連絡を取り合わないこともちゃんと見越して。

ずっと明るくふるまっていた花柚さんの虚勢は、感極まった涙は、それを見ていたぼくの胸の痛みは、いったい何だったんだろう。呆然《ぼうぜん》としてしまって、頭が回らない。

怒りが怒りを呼ぶのか、永谷氏は花柚さんに指を突きつけた。

「俺を振り回すのはやめろ！　いいかげんにしろ！」

「振り回してません！」

「振り回してる！　なに泣いてるんだお前は！」

「フランダースのせいだって言ってるじゃないの！」

「思わせぶりな態度取って、近づくと逃げる。そういうのを振り回してると言うんだ」

「だって、だって、どうしようもないじゃないの」

「どうしようもないから、そこを曲げて頼むってつもりだったんだ！」

「ちがうわよ！　あれはつまり、もう黙って俺の言うことを聞け、ってことでしょ！

うちの断絶が前提なんだから！」

「お前のお父さんは、断絶もやむなしって言ってたじゃないか」

「それは兄がいなくなったときの話でしょ！」

聞いていて頭が痛い。

真相が明らかになった今、冷静に考えると、ぼくはただふたりの痴話げんかに巻きこまれただけだった。

結局、永谷氏が初めて店にやって来たそのときから、事態は変わっていない。堂々めぐりなのだ。家を継がなければならない。それにはそれぞれに別の相手と結婚する必要があるけれど、それは嫌だという。

「……あのー」

「お前は黙ってろ！」

仲裁に入ろうとすると、永谷氏にぴしゃりと言われた。絵に描いたような暴君のセリフだ。

「いや、もう次の仕事があるんで！　戻らなきゃいけないんで言います！」

勇気を奮い起こして声を張り上げる。永谷氏の顔が見えないので怖さも半減だ。

部外者だし、バリバリの庶民だし、花柚さんたちの家の事情だってよくはわかっていないけれど、だからこそ言えることもあるに違いない。

「ふたりとも、ちゃんと親御さんと相談したらどうですか。いや、迷惑かけたくないって気持ちはわかりますし、跡取りの責任とかあるんでしょうけど……どうにもならないなら、周りにどうにかしてもらうしかないじゃないですか」

花柚さんが息を吸いこんで反論しかける。

それを封じるようにぼくは重ねて言った。

「結婚は家と家の結びつきだって花柚さん、言ってたじゃないですか。だったら家と家で話し合えばいいんじゃないですか？　お父さんやお母さんだって、たぶん義務感で不幸な結婚はしてほしくないと思いますよ」

永谷氏はどうかわからないけど、花柚さんは自称お見合いマスターをしていたのも親や親類を安心させるためだったし、気を遣いすぎなんだと思う。

永谷氏はしばらく考えているようだった。バックミラーに彼の顔が映っている。

窓の外を見たまま、永谷氏は言った。

「早々に子どもをふたりつくるか？　子どものどちらかが了承してくれれば、蒔岡家に養子に入ってもらう。そういう条件でお前の家と交渉する」

花柚さんはきゃあっと声を上げて、両耳を塞ぐ。

「いきなりそんな話、しないで！　彗くんもいるのに！」

未成年のぼくへの教育的配慮のつもりだろうけど、この場でいちばん感覚が子どもなのは花柚さん本人だと思う。花柚さんの過剰反応に、永谷氏も面食らっている。

「……俺は今から家で話をする。今度は逃げるなよ」

言いながら永谷氏が運転席のドアを開け、捨てゼリフみたいに花柚さんが言い返す。

「逃げないわよ！」

後部座席のドアを開けて外に出ると、小雨が降りかかる。

すでに外に出ていた永谷氏が腕を組んだまま言った。

「巻きこんで悪かった」

言葉だけ見れば謝罪だけど、人に謝る態度じゃない……。

「いや、もう、ほんとに。よろしくお願いします」

ぼくの口から出たのは、意味不明な言葉だった。

「揉《も》めるのはもう勘弁してください」なのか「花柚さんをお願いします」なのか、どちらの意味なのか自分でもよくわからない。たぶん、両方なのだろう。

永谷氏から鍵を受け取り、運転席に座ってエンジンをかけた。

花柚さんはハンカチで目元を拭きながらつぶやいた。

「彗くん、ごめんね。それにありがとう」

「よかったですね。なんか、よくわからない勢いで話が進んじゃいましたけど」

「びっくりして頭が回らないわ……。わたし、あんなに総くんとしゃべったの初めて」

それは……こっちの方がびっくりだ。

「余計なお世話ですけど、もうちょっとコミュニケーション取りましょうよ……」

今回のことだって、花柚さんが永谷氏に電話していつものように依頼内容の詳細を詰めていれば、美津彦さんにだまされることもなかったのだ。その前に気まずいことになっていたのだから、訊きにくかったのはわかるけど。

「藤沢先生のお葬式の日、永谷さん、店に来てたじゃないですか。ちゃんと結婚の話、してたんですね」

ぼくが安堵して言うと、花柚さんはきょとんとして答えた。

「え、してないわ」

「え？」

「パソコンの話だけ」

「え、じゃあさっきの『そこを曲げて頼む』って何なんですか」

「えーっと、あの……それはね……」

花柚さんは言いよどみ、両手をすり合わせながら顔を赤らめてもじもじしている。

何か大人の世界を想像させるような態度だけど、この人のことだから実際は、手をにぎられたとか、そういうレベルの話に違いなかった。

そこから「そこを曲げて頼む」「黙って俺の言うことを聞け」という解釈が出てくるあたり、本人たちの間では言語を超えた高度なコミュニケーションが成り立ってるのかもしれなかったけれど。

「何回だまされたら気が済むんだ、って言ってたけど、永谷さんも結構だまされてますよね」

車を発進させながらぼくが言うと、花柚さんは笑った。

「総くん、だまされたって気づいてないこと、結構あるのよね」

借りている駐車場に車を停め、店に戻ってきたころには雨も止んでいた。

雲間から光が差しこみ、東の空が明るくなっている。

裏口から店に入ると、美津彦さんと菜月の話す声が聞こえて、花柚さんは厨房からお盆を取りだして店の方へ入っていった。

花柚さんの顔を見るなり逃げだそうとした美津彦さんは、肩を、背中を、腰を、お盆でしこたま叩かれたのだった。

「わたし、毎晩泣いてたのに！　信じられない！　ばか！　もう閻魔《えんま》さまの抜く舌もないわ!!」

痛い痛いと叫んでいた美津彦さんは、そのうち笑いだす。

お盆を振り上げて美津彦さんを追いかけ回していた花柚さんは、息を切らしながら最後に言った。

「——ありがとう」

「俺の存在のありがたさが、身に染みてよくわかっただろう」

したり顔で言った美津彦さんは、また花柚さんに叩かれる。

そもそも永谷氏がちどり亭にやって来たのだって、「花柚の店がうまくいってない」という美津彦さんの嘘が発端だった。この人の嘘は、たいてい花柚さんと永谷氏へのおせっかいなのだ。

現に今回だって、美津彦さんの嘘がきっかけで花柚さんが泣きだしたり、家までお祝いを言いに行くと言いだしたりしなければ、そのまま永谷氏と疎遠になっていたかもしれない。

「え、え、どういうこと？」

いちご大福を抱えたまま混乱している菜月に手短に事情を説明して、ぼくと花柚さんはひとまず、配達に行く会議弁当の仕上げを大急ぎで行った。予定を変更して花柚さんに配達に行ってもらい、その間にぼくが昼食の準備をした。

菜の花と海老の天むすに、うなぎときゅうりの和え物、筍のバター醤油炒め。だし巻き卵に、麩をすりおろして作った揚げだし豆腐。デザートはいちご大福。

「花柚さんを慰める会」のメニューは、幸いなことにそのままお祝いのメニューに変わり、花柚さんはにこにこしながら食べてくれた。

「ああ、おいしいわ。わたしの好きなものばかりね。ありがとう彗くん」

そして視線をぼくから美津彦さんに移し、しっかりにらみながら続ける。

「うれしくて、だまされた怒りも忘れそうよ」

美津彦さんが肩をそびやかす。

「うちのばあさんが後押ししてやったのに、いつまでもぐずぐずしてるからだ。俺はばあさんの心残りを解消してやっただけだ」

彼に対しては、ぼくも文句を言わずにはいられなかった。

「大人なんだから放っておけって言ってたくせに、いちばん介入してるじゃないですか！　おれも本当にやきもきさせられたんですからね。おれには言っておいてくれてもいいと思うんですけど！」

「お前が動揺していないとリアリティが出ないじゃないか」

美津彦さんはまったく反省していない様子でのたまった。

頭の回転が速いのも、永谷氏や花柚さんのことが大好きなのもわかったけれど、今後はその能力をもう少し別のことに使ってほしい。


はたきでちりを落とし、しばらくしたらそうっとフローリングモップで床をから拭きする。

紅殻格子のついた引き戸を開け、窓も開けて空気を入れかえる。

午前六時。

外はもう清冽《せいれつ》な朝の光と澄んだ空気に満ちている。

はっと気がつけば、日の出がずいぶん早くなっていて、朝ちどり亭に着く頃にはすっかり太陽が出ているようになった。

つい先日までは店を開ける頃まで薄暗かった気がするのに。一年でいちばん昼の長い夏至がもう間近なのだ。

「おはようございます」

「おはよう」

毎日犬を散歩させている近所のおじいさんの時間は正確。いつもどおりの挨拶を交わし、店の前に立看板を出す。

ピピピピ、とタイマーの鳴る音が聞こえ、慌てて厨房へ戻る。厨房は火の熱気と蒸気で相変わらず暑く、ごはんの天地返しをしているだけで汗が噴きでてくる。

今日は寿司飯を作るので、急がなければならない。

濡らした寿司桶にごはんを移し替え、しゃもじに伝わせながら酢を回しかけた。再び下から上へと混ぜながら、うちわであおいで水分を飛ばす。

その間に花柚さんが、ツナとチーズ入りのコロッケをてきぱきと揚げていく。そして試食して、いつもの自画自賛。

「お、い、し、い～！　はい、彗くんも」

花柚さんの差しだした小皿を受け取り、揚げたて熱々の小判型コロッケを箸で割る。ほくほくのじゃがいもの中に、透明になった玉ねぎのみじん切りとツナ、チーズ。

「花柚さん、天才じゃないですか？」

ぼくは笑いながら先回りして言う。

「いやだもう、そんなこと知ってるわよ！」

花柚さんは上機嫌で答え、作業台に弁当箱を並べ、先におかずを詰めはじめる。

主食の準備に時間がかかるので、今日の副菜は前の晩から作り置きできるものが中心。焼きパプリカの三色マリネ、オクラの胡麻和え、ひじきと大豆のサラダ。メインは揚げたばかりのコロッケ。

それが終わる頃には、寿司飯の粗熱も取れていた。

「巻き寿司って気合が入るわよね」

うきうきと言いながら、花柚さんが巻き寿司の材料を入れたキッチンバットを作業台の上に並べていく。

今日の細巻きは三種類。たたき梅、きゅうりとゆかり、スモークサーモンとクリームチーズと大葉。赤・緑・橙・白・黒とそれだけで五色備えたパーフェクトな色合い。

材料の少ない二種類は巻きやすいので、ぼくの担当。スモークサーモンは花柚さんが巻くという。

「巻き終わったら、海苔の巻き終わりの端っこが下になるようにして置いて。五分くらい置いておくと海苔がくっつくわ」

言いながら、花柚さんが巻き簾の上に海苔と寿司飯、細く切った材料を載せ、きゅっきゅとリズミカルに巻いていく。

「あとね、一本だけ、ゆかりと別にしてあるきゅうりがあるでしょ。それは総くん用に梅きゅうにするから、残しておいて。わたしが巻くわ」

永谷氏は相変わらず仏頂面でやって来て、花柚さんとも五分としゃべらずに去っていく。

変わったことと言えば、毎朝、花柚さんが彼のためのお弁当を作るようになったこと。最後のお弁当は、最後じゃなくなったのだった。お弁当練習帖の当初の目的は、永谷氏に食べさせる料理を作ることだったのだから、ようやくそもそもの目的のために使用されるようになったのだ。

それから、もう一つ変わったのは、毎週恒例だった花柚さんのお見合いがなくなったこと。仕出しのない日は完全な休日。花柚さんは琵琶湖だの天橋立《あまのはしだて》だの日帰りで行ける場所に出かけていて、どうも永谷氏と一緒らしいので、それなりに仲良くやっているようだった。

ただ、八百年の家の歴史に関する問題が、そう簡単に解決するわけがなかった。

これは全部花柚さんや美津彦さんからの又聞きだけど、まず永谷家の中で承諾が得られなかったそうだ。

「一度お返しした許嫁であるし、子どもがふたりできる保証もない。蒔岡家にとってリスクが高すぎるので、そんなお願いはとてもできない」

というのが永谷家のおじいさん・お父さんの言い分だった。

しかし、総一郎氏にとっての問題は、想定されるトラブルを承知で花柚さんが自分と結婚する気持ちがあるのかどうかということだけだったようで、腹をくくったあとの行動は早く、蒔岡家に直談判に行ってしまった。

花柚さんについて「この娘は毎週見合いをしているが、本当はその気がないし、結婚できないのでは……？」と薄々感じていたらしい蒔岡家はわりと好意的な反応だったのだが、頭越しにやり取りされた永谷家のおじいさんが激怒して、現在、家の中は相当揉めているらしい。

しかし、これまで跡継ぎとして家の意向に従ってきた総一郎氏の強い希望であるし、強硬に反対すると花柚さんのお兄さんのようなことになるという恐れもあって、結局おじいさんたちが折れるのだろう、というのが美津彦さんの見立てだ。

そして、なぜか美津彦さんのお母さんやお姉さん、お兄さんのお嫁さんやらが手土産持参で花柚さんのところにやって来て話を聞きたがり、美津彦さんに追い払われていた。

「うちの女どもの間じゃ、ものすごいロマンチックな美談になってるんだ。幼い頃からの恋が成就したとか言って。なにが恋だ。単純にモテない男とモテない女が、破鍋《われなべ》に綴蓋《とじぶた》でくっついただけだぞ」

美津彦さんはそう憎まれ口を叩く。

確かに「口論しているうちに、なぜか結婚すること前提で話が進んでいた」が実のところなので、全然ロマンチックじゃなかった。

またあるときは、見知らぬ男の人が店を尋ねてきた。誰かと思ったら花柚さんのかつての見合い相手で、噂を聞きつけたらしく、こんなことを言い出すのだった。

「僕にできることはないでしょうか。妻とも言っていたんです。あのとき、花柚さんが見合いの席で母を説き伏せてくれなかったら、僕たちは結婚できないままでした」

花柚さんは本当に、お見合いでいったい何をしていたんだろう。

「麦秋至《むぎのときいたる》」、「蟷螂生《かまきりしょうず》」、「腐草為蛍《くされたるくさほたるとなる》」。季節は移り変わる。

六月も半ばの土曜日、ちどり亭で「梅仕事」が始まった。

梅を洗い、シロップやジャム、梅酒や梅干しを作るのだ。

一説によると、「梅雨」の由来は「梅の実が色づく頃」。一年に一回だけ、大量に青梅が出回る。

ぼくと花柚さんがスーパーで買いこんできた梅に加え、庭に梅を植えているというお客さんからいただいたものや、蒔岡家にやって来た到来物もあり、ちどり亭の奥の一室はまるごと、梅に占領されていた。最初に買ってきたものは、新聞紙の上に広げて追熟させていたので、部屋中が甘酸っぱいような梅のいい匂いで満たされている。

梅雨に入る前に一気に片づけようということで、花柚さんが動員をかけ、坪庭に一同が集まった。

メンバーは花柚さん、ぼく、菜月、美津彦さん、その甥っ子・姪っ子、永谷氏、ゆうや、そのお母さん。そして、なんと泰山先生の奥さんも参加。

梅シロップや梅酒は作り方もいろいろで、花柚さんは青梅を使ったり熟した梅を使ったり、毎年少しずつやり方を変えていた。そんなときに店に立ち寄った奥さんに作り方を尋ね、それで奥さんが来てくれることになったのだ。奥さんはすでに先週、梅仕事に取りかかったらしい。

驚いたのは、久しぶりに会ったゆうやママがすごくあか抜けてきれいになっていたこと。髪の色も明るくなっていたし、何より表情が輝いていた。

それまで週末は疲れ果てて寝ているか、溜まった家事を片づけるのに追われていたのだけれど、ある日思い切って、永谷氏に紹介されたNPO法人のコミュニティに参加したのだという。そこで同じアレルギーの子を持つ友だちができたそうで、相談できる相手ができただけで、ずいぶん気楽になったのだということだった。

花柚さんによって泰山先生の奥さんと引き合わされたゆうやママは、洗った梅の実を水につけながら身の上を話しはじめ、奥さんに説教されていた。

「子どもと父親を引き離したくない気持ちはわかるわよ。でもね、うちの父もその気があったんだけど、暴力をふるう男の人は病気なの。いくらやめるって言っても、治りません！　あなた、まだ若くてきれいなんだし、お坊ちゃんも小さいんだから、今のうちにいい人見つけなさい」

「でも、こんな生活に疲れた子持ちの女なんか……」

「その卑屈なところがいけません！　あなたね、三十代、四十代の未婚の男性なんてたくさんいるのよ。バツイチで、子ども好きな方だっているわよ」

すると花柚さんが、顔を輝かせて話に割りこんだ。

「あの、わたし、バツイチで再婚希望の方を存じ上げてます。たしか、お歳は三十七。ちょっと押しが弱くて、なかなかお相手が見つからないんですけど、まじめな方で、とっても優しいんですよ。先月も、急なお願いに関わらず漆塗りの、」

花柚さんはかつての見合い相手を紹介しようと画策しはじめ、永谷氏に怒られていた。

いつものように頑として働かない美津彦さんは、すぐ近くの和室で文庫本を読んでいたが、ちびっ子三人に絡まれ、もみくちゃにされている。

これは彼らの恐怖の対象である永谷氏が、事前に「大人の仕事の邪魔をするな。美津彦は仕事をしないから、邪魔をしてもいい」と許可を与えていたためだ。慣れたのか、それとも姉弟の勢いにつられたのか、美津彦さんを怖がっていたゆうやまで、彼の上に馬乗りになっていた。

「わたし、梅干し作るの初めて。好きなんだけど、自分で作ろうと思ったことなかったよ」

縁側に腰かけ、竹串で梅のへたを取りながら、菜月が言った。

へた取りは面倒だけど、これをすることで梅酒がまろやかにおいしくなるのだそうだ。大量生産の梅酒にはかけられない手間だから、自家製ならではの味なのだろう。

「おれも去年手伝ったのが最初だな。梅酒は昔、母親が作ってた気がするけど」

梅酒なら、コンビニでも百円ちょっとで買える。それでも花柚さんや泰山先生の奥さんが自分で作ろうと思うのは、単純にそれが楽しいからなんだろう。

水につけて灰汁抜きした梅を、ゆうやママと泰山先生の奥さんが丁寧に拭き取り、ぼくと菜月がへた取りをする。永谷氏が計量器で材料の重さを量り、花柚さんがそれを煮沸消毒した瓶に詰めていく。

梅雨入り前の天気のいい日に、こうして集まって、話しながら作業にいそしむ。それがいいのだと思う。おいしくできたものを、みんなで飲めればもっといい。

永谷氏と花柚さんは、ときどき一言二言、言葉を交わすだけで黙々と作業をしているのだけど、それが自然になりつつあった。沈黙が怖くない、というのは、それはそれでいい関係なのだろう。花柚さんは青から紫のグラデーションをなす紫陽花《あじさい》柄の着物を着て、たすきで袖を留め、てきぱき作業を進めている。

「今日のお弁当、みんな喜んでくれるといいね」

菜月が手元から視線を上げて、ぼくの顔を見る。

初夏の日差しに薄茶の髪の端が金色に透けている。くちびるは、いつもと同じさくらんぼの色。

「そうだな。試作の段階じゃ、花柚さんにダメだしされまくったからな」

ぼくと菜月は相変わらず友だちだ。

水曜日の夕方に花柚さんから一緒に料理を習い、金曜日の昼には弁当を交換して食べる。何も変わらない。ただ、二か月たってさすがに失恋のダメージも軽くなってきたのか、菜月は失恋ソングを歌って自分で古傷を抉って泣きだすという自家発電みたいなことはしなくなったし、久我さんのことも気にしていないように見える。

今日のみんなの弁当はぼくが用意したのだけど、菜月は試作にも付き合ってくれたし、今日も朝早く来て手伝ってくれた。

「梅仕事の日、みんなにお弁当をふるまおうと思うんだけど……この前作ってくれたごはんもおいしかったし、今回は彗くんが作ってみたら？　ゆうくんのアレルギーのこともあるから、わたしがチェックは入れるし、相談にも乗るから」

花柚さんからそう言われた翌日、大学で会った菜月に「梅の日のお弁当、手伝ってもいいよ」と言われたのだ。

「なんで知ってんの？」

「花柚さんに聞いた。昨日、ちょっと相談があってお茶したんだよ」

反射的に「花柚さんに相談＝久我さんの話」の図式が思い浮かぶ。

「あ、そう……」

まだ引きずってるのか、と少々興ざめした。

それが伝わったのか、隣を歩いていた菜月がむっとして立ち止まり、いきなりぼくの尻に蹴りを入れてきた。前につんのめったぼくに「久我さんの話じゃないし！」と怒りながら駆けだしていってしまい、取り残されたぼくは途方に暮れた。怒りのポイントがまったくわからなかった。

でもまあ、翌日からは何事もなかったかのように接してきたし、助けてくれたし、悪くは思われていないのだろう。

「みなさーん、ひと段落しましたねー。お昼にしましょう！」

お盆に湯呑と急須を載せた花柚さんが奥から出てきて、声を張り上げた。

「今日のお弁当は彗くんが作りました！　菜月ちゃんもお手伝いしてくれました」

永谷氏に運ばせた番重を、花柚さんが指し示す。

「おれも食べていいの？」

美津彦さんによって「くすぐりの刑」に処せられていたゆうやが、ぼくの顔を見る。

心配そうな顔をしていた。アレルギーのため、こういうときに自分だけ食べられない、という経験を何度もしているのだろう。

「当たり前だろ。お前のための弁当だぞ」

気恥ずかしさを押し殺して言うと、ゆうやの表情が輝いた。

それを見ると、ますます照れくさく、落ち着かなくなってくる。

使える食材が制限されているのはやっぱり苦しかったけれど、卵を使わずに揚げないコロッケを作ってみたり、薄くした蓮根を穴に沿って切り取って花形のレースのようにしたり、そんなふうに頭を悩ますのは胸躍る作業でもあった。

誰かが喜んでくれるところを思い描いて、数時間先の未来を思って弁当を作るのは楽しい。

花柚さんに促され、みんなに弁当を手渡しするべく、ぼくは立ち上がった。


〈了〉

## 十三　湊　著作リスト

C.S.T.　情報通信保安庁警備部（メディアワークス文庫）
C.S.T.〈2〉　情報通信保安庁警備部（同）
C.S.T.〈3〉　情報通信保安庁警備部（同）
ちどり亭にようこそ～京都の小さなお弁当屋さん～（同）

本書は書き下ろしです。

◇◇メディアワークス文庫

# ちどり亭《てい》にようこそ

## ～京都《きょうと》の小《ちい》さなお弁当屋《べんとうや》さん～

十三《とさ》 湊《みなと》

2016年7月23日　初版発行
2024年11月15日　14版発行

発行者　山下直久
発行　株式会社KADOKAWA
〒102-8177　東京都千代田区富士見2-13-3
0570-002-301（ナビダイヤル）
装丁者　渡辺宏一（有限会社ニイナナニイゴオ）
印刷　株式会社KADOKAWA
製本　株式会社KADOKAWA


ISBN978-4-04-892274-6 C0193

メディアワークス文庫　https://mwbunko.com/

本書に対するご意見、ご感想をお寄せください。

**あて先**
〒102-8177　東京都千代田区富士見2-13-3
メディアワークス文庫編集部
「十三 湊先生」係

◆◇◇

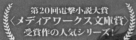

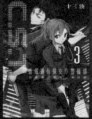

## 蒼空時雨

綾崎 隼

ある夜、舞原零央はアパート前で倒れていた譲原紗矢を助ける。彼女は零央の家で居候を始めるが、二人はお互いに黙していた秘密があった……。これは、まるで雨宿りでもするかのように、誰もが居場所を見つけるための物語。

あ-3-1 013

## 初恋彗星

綾崎 隼

どうして彼女は俺を好きになったんだろう。どうして俺じゃなきゃ駄目だったんだろう。舞原星乃叶、それが俺の初恋の人の名前だ。これは、すれ違いばかりだった俺たちの、淡くて儚い、でも確かに此処にある恋と『星』の物語。

あ-3-2 032

## 永遠虹路

綾崎 隼

彼女は誰を愛していたんだろう。彼女はずっと何を夢見ていたんだろう。さあ、叶わないと知ってなお、永遠を刻み続けた彼女の秘密を届けよう。これは、『蒼空時雨』『初恋彗星』の綾崎隼が描く、儚くも優しい片想いの物語。

あ-3-3 039

## 吐息雪色

綾崎 隼

ある日、図書館の司書、舞原葵依に恋をした佳帆だったが、彼には失踪した最愛の妻がいた。そして、不器用に彼を想う佳帆にも哀しい秘密があって……。優しい『雪』が降り注ぐ、喪失と再生の青春恋愛ミステリー。

あ-3-4 060

## 陽炎太陽

綾崎 隼

村中から忌み嫌われる転校生、舞原陽凪乃。焦げるような陽射しの下で彼女と心を通わせた一颯は、何を犠牲にしてでもその未来を守ると誓うのだが……。憧憬の「太陽」が焼き尽くす、センチメンタル・ラヴ・ストーリー。

あ-3-10 200

## ゴーストフィルム
~古森先輩の、心霊動画でも撮りに行きませんか?~
夏川鳴海

妹の部屋に居候中の無気力ニート古森。後輩（だけど大学生）の羽利田に背中を押され始めたのは、心霊動画をサイトにUPしての小遣い稼ぎ。男二人、軽い気持ちで心霊スポットを撮影すると、え、いやー、これ、本物じゃね?

な-9-1
454

## まいごなぼくらの旅ごはん
マサト真希

体を壊して失職中の青年、颯太。大学休学中の食いしん坊女子、ひより。人生迷子な彼らは、町の人に愛された小さな食堂を守るために旅立った。二人が歩む〝おいしい旅〟。元気になれるフード&ロードノベル、登場!

ま-2-5
405

## まいごなぼくらの旅ごはん
季節の甘味とふるさとごはん
マサト真希

思い出に残るメニューを探し、人生迷子な颯太とひよりは今日も旅立つ。郷土の料理に季節の甘味、そして懐かしのふるさとご飯……。二人が歩む〝おいしい旅〟。のんびりゆったり、フード&ロードノベル。

ま-2-6
437

## 三ツ星商事グルメ課のおいしい仕事
百波秋丸

ある商社の新人経理部員・山崎ひなのは、毎夜会社の経費で飲み食いしていると噂のお荷物部署、通称「グルメ課」の潜入調査を命じられる。しかしそこには裏の任務があって……。実在の飲食店&メニュー多数登場のおいしいお仕事物語!

ひ-3-1
251

## 三ツ星商事グルメ課のうまい話
百波秋丸

食欲の秋。おいしい料理と個性的な料理店をヒントに、悩める社員へ仕事のアイデアを提供する不思議な課、通称「グルメ課」。秋の夜長、彼らは課に持ち込まれるトラブルを、丁寧な仕事で〝料理〟していくのですが——。

ひ-3-2
304